天外恩仇

（含：金錢咒、牧羊人口訣）

倪匡奇情作品集

木蘭花傳奇 11

倪匡 著

目錄

金錢咒

牧羊人口訣

【總序】

木蘭花 VS. 衛斯理——倪匡奇幻系列的兩大巔峰

秦懷玉

對所有的倪匡小說迷來說，《衛斯理傳奇》無疑是他最成功、也最膾炙人口的作品了，然而，卻鮮有讀者知道，早在《衛斯理傳奇》之前，倪匡就已經創造了一個以女性為主角的系列奇情故事，甫出版即造成大轟動，《木蘭花傳奇》遂成為倪匡眾多著作中最具特色與最受讀者喜愛的兩大系列之一；只因衛斯理的魅力太過強大，使得《木蘭花傳奇》的光芒被掩蓋，長此以往被讀者忽視的情形下，漸漸成了遺珠。

有鑑於此，時值倪匡仙逝週年之際，本社特別重新揭刊此一系列，希望藉由新的編排與介紹，使喜愛倪匡的讀者也能好好認識她。

《木蘭花傳奇》是倪匡以筆名「魏力」所寫的動作小說系列。原載於香港新報及《武俠世界》雜誌，內容主要是以黑女俠木蘭花、堂妹穆秀珍及花花公子高翔三人所組成的「東方三俠」為主體，專門對抗惡人及神秘組織，他們先後打敗了號稱「世界上最危險的犯罪集團」的黑龍黨、超人集團、紅衫俱樂部、赤魔團、暗殺黨、黑手黨、血影掌，及暹羅鬥魚貝泰主持的犯罪組織等等，更曾和各國特務周旋、鬥法。

如果說衛斯理是世界上遇過最多奇事的人，那麼打擊犯罪集團次數最高的，即非東方三俠莫屬了。書中主角木蘭花是個兼具美貌與頭腦的現代奇女子，在柔道和空手道上有著極高的造詣，正義感十足，她的生活多采多姿，充滿了各類型的挑戰；她的最佳搭檔：堂妹穆秀珍，則是潛泳高手，亦好打抱不平，兩人一搭一唱，配合無間，一同冒險犯難；再加上英俊瀟灑，堪稱是神隊友的高翔，三人出生入死，破獲無數連各國警界都頭痛不已的大案。

若是以衛斯理打敗黑手黨及胡克黨就得到國際刑警的特殊證明文件的標準來看，木蘭花在國際刑警的地位，其實應該更高。

相較於《衛斯理傳奇》，《木蘭花傳奇》是入世的，在滾滾紅塵中演出令人目眩神搖的傳奇事蹟。衛斯理的日常儼然是跟外星人打交道，遊走於地球和外太空之間，事蹟總是跟外星人脫不了干係；木蘭花則是繞著全世界的黑幫罪犯跑，哪裡有犯罪者，哪裡就有她的身影！可說是地球上所有犯罪者的剋星！

而《木蘭花傳奇》中所啟用的各種道具，例如死光錶、隱形人等等，一如倪匡慣有的風格，皆是最先進的高科技產物，令讀者看得目不暇給，更不得不佩服倪匡驚人的想像力。

尤其，木蘭花等人的足跡遍及天下，包括南美利馬高原、喜馬拉雅山冰川、北極、海底古城、獵頭族居住的原始森林、神秘的達華拉宮及偏遠隱密的蠻荒地區等，讀者彷彿也隨著木蘭花去各處探險一般，緊張又刺激。

《衛斯理傳奇》與《木蘭花傳奇》兩系列由於歷年來深受讀者喜愛，書中主要角色逐漸由個人發展為「家族」型態，分枝關係的人物圖越顯豐富，好比《衛斯理傳奇》中的白素、溫寶裕、白老大、胡說等人，或是《木蘭花傳奇》中的「天使俠女」安妮和雲四風、雲五風等。倪匡曾經說過他塑造的十個最喜歡的小說人物，有三個在木蘭花系列中。白素和木蘭花更成為倪匡筆下最經典傳奇的兩位女主角。

在當年放眼皆是以男性為主流的奇情冒險故事中，倪匡的《木蘭花傳奇》可謂是開創了另一番令人耳目一新的寫作風貌，打破過去女性只能擔任花瓶角色的傳統窠臼，以及美女永遠是「波大無腦」的刻板印象，完美塑造了一個女版〇〇七的形象。猶如時下好萊塢電影「神力女超人」、「黑寡婦」等漫威女英雄般，女性不再是荏弱無助的男人附庸，反而更能以其細膩的觀察力及敏銳的第六感，來解決各種棘手的難題，也再一次印證了倪匡與眾不同的眼光與新潮先進的思想，實非常人所能及。

《女黑俠木蘭花傳奇》共有六十個精彩的冒險故事，也是倪匡作品中數量第二多的系列。每本內容皆是獨立的單元，但又前後互有呼應，為了讓讀者能更方便快速地欣賞，新策畫的《木蘭花傳奇》每本皆包含兩個故事，共三十本刊完。讀者必定能從書中感受到東方三俠的聰明機智與出神入化的神奇經歷，從而膾炙人口，成為讀者心目中華人世界無人能敵的女俠英雌。

金錢咒

1 特殊嗜好

一張有著魚鱗般暗花的象牙式卡紙，上面用一種特別的墨水，寫著兩行字，那種特製的墨水有點像漆，在乾了之後，字體顯得凸起來，十分好看。

但這張箋紙雖然如此優雅大方，而且，所寫的字跡也是清麗娟秀之極，但是看了那幾行字之後，卻令人不禁皺起了眉頭。

那幾行文字是這樣的：

據傳閣下喜愛收藏直版鈔票，歷年來收藏頗巨，小弟亦有同好，

茲訂於七月七日下午七時，前來鑒賞閣下所藏，幸勿見拒為感。

令人感到不尋常的是下面的署名：旋風。

這張箋帖，如今是放在高翔的辦公桌上，高翔看了一會，再抬起頭來看坐在沙發上，一個十分枯瘦，長衫馬褂的老者。

11 天外恩仇

站在高翔辦公桌面前的，則是偵緝科的副探長匡效衡。匡效衡探長是一個十分老資格的警務人員，他這時正在向高翔說話。

「高主任，我對沙老先生說過了，這可能是有人在和他開玩笑，而且，如果他真正不放心的話，我們也可以派警員去他家中防衛，他自己也可以加請著名的私家偵探去防衛，我也解釋說你的事情很忙，可是他卻堅持一定要來見你！」

高翔將目光在那老者的臉上停留了一下，立時轉向窗外，窗外艷陽如火。

高翔心中暗忖，這些有錢人真無聊，彷彿以為天下所有的人都是盜賊，所有的人，都在覬覦他們的錢財一樣。但是，事實上，世界上有多少富翁，可以保證自己所有的錢財全是用正當的手段得來的？

高翔懶洋洋地道：「對不起，沙先生，我本人所負的責任相當大，而且，工作極忙，關於這種事，我想有匡副探長負責處理，已經足夠了。」

那位姓沙的老先生忽然激動地站了起來，道：「這是什麼話？我屬下的二十八個企業，每年繳納好幾千萬的所得稅給政府，難道我有了困難，就無權要求警方幫助麼？」

「警方有說不幫助你麼？」高翔反問。

「可是我要全心全意的幫助，不是敷衍，」沙老先生直指著高翔，「我要你親自出馬，來替我解決這件事，不要別人！」

從他講話的神態，口氣上看來，高翔不必匡副探長作進一步的介紹，便可以知道那老者是本市著名的沙氏機構的總裁沙炳興。

沙氏機構是沙炳興一手創造的，它屬下有二十八個大企業，幾乎各行各業都有，沙炳興是如何發達的，也有著各種各樣的傳說。

但無論傳說是如何不堪，都無損於沙炳興如今的地位，因為沙炳興如今是本市數一數二的大富豪，誰還敢說他以前出身不正？

不過，沙炳興有一個嗜好，那倒是盡人皆知的，那就是他特別喜歡儲存現鈔，雖然在他的機構屬下也有著一家銀行，但是他將大量的，在世界上有價值的現鈔放在家中，一有空，就鑽在鈔票堆中仔細欣賞，如今忽然有人送了這樣一封信來給他，他自然更大跳雙腳了。

高翔知道要打發沙炳興這樣的人走，要使他改變主意，並不是容易的事情，但是他卻實在不想去做這種沒有意思的事。

是以，他還是要設法推辭。

他心平氣和地道：「沙先生，別說你是一個每年納過千萬巨額稅款的大商家，就算你是一個普通的市民，你也完全有權要求警方幫助的。」

「那就是了，所以我——」

「等一等，我的話還未講完。」高翔揚了揚手，打斷了沙炳興的話頭：「可是你得知道，你有權要警方的幫助，並不是說你就像是一個走進飯店的顧客一樣，可以隨便點菜，而警方的工作人員也不是龍蝦沙拉或是焗釀蟹蓋，是可以隨便點叫的！」

沙炳興無話可說了，可是他仍氣呼呼地望定了高翔，道：「好，你不肯親自出馬，如果我有了損失，那麼由誰負責？」

「警方將盡量去保護你的所有，萬一有了損失，那是誰都感到遺憾的事，我們更會盡力去彌補損失，而不是誰負責任的問題。」

沙炳興冷冷一笑，道：「你去，你到我家中去守著，那麼，就不會有任何事發生了，這是防止損失的最好方法，你去不去？」

高翔在剎那間，感到了一股無比的怒意。

他陡地站了起來，臉也漲紅了。

他望了沙炳興半晌，才冷冷地下了逐客令：「不去！」

沙炳興陡地一呆，他在三十歲的時候，事業已有了極好的基礎，如今，他大約已過了六十歲，可以說，三十年來，已沒有人用這樣的口氣和他講話了。

高翔見沙炳興仍然不走，喝道：「聽到沒有，出去！我還有重要的事情要做，你別在我這裡多事！」

沙炳興的身子氣得發抖，他向外走去，一面卻用手指著高翔，道：「好！好！如果我有了損失，你要負全部責任，我要使全市市民知道，你們警方是用什麼態度來保護市民財產的！」

「請便！」高翔冷冷地回答。

沙炳興憤然地走出了高翔的辦公室，匡副探長向高翔抱歉地一笑，道：「高主任，我實在沒有辦法，他以為他是可以指揮一切的！」

「唉，」高翔嘆了一聲，道：「多派些人去保護。」

「是。」匡副探長退了出去。

在匡副探長退了出去之後，高翔還聽得沙炳興在叫嚷：「帶我去見你們的局長！我非要去見他不可，你帶我去見他！」

高翔真想衝出去狠狠地罵他一頓，但是高翔卻也知道自己如今的身分不同，自己是警方人員，是市民的公僕，必須盡量克制。

所以他忍了下來，踱到了窗前，刺目的陽光使他又後退了回來，退到了桌前，那張顏色十分優雅的箋帖還在他的桌上。

他將之取了過來，反覆地看了一遍，他對那個署名很有興趣，「旋風」，那是什麼意思呢？是表示他要來就來，要去就去，世界上沒有什麼力量可以阻得住他麼？

高翔想了一想，便坐了下來。

他剛一坐下來，他和局長辦公室之間的對講機，便響起了嗚嗚聲，高翔按下了掣，道：「方局長，可有什麼指示麼？」

方局長先咳嗽了幾聲，才道：「高翔，沙先生的事——」

「局長，」高翔立時道：「沙先生的事，我已經吩咐匡副探長去作有效的部署了，這實在是一件十分小的小事情。」

「是的，」方局長似乎也感到十分為難，「可是沙先生卻十分欣賞你的才幹，他希望今天晚上七時，你能夠在他家中。」

「局長，」高翔竭力忍住氣，他的性情雖然十分不羈，但是方局長是他的上司，而且他自己私下對方局長的為人，也是十分佩服的，是以才能忍住了氣不發作，「請你代我問問他，他以為我是什麼人？我是他僱用的私人保鏢麼，是不是？」

「好了，高翔，」方局長知道高翔的脾氣，是以他不再說下去，「我盡量說服沙先生，相信警方的措施是有效的，你不必介意了！」

高翔答應了一聲，按下掣，關閉了對講機。

在方局長的辦公室中，方局長也關閉了對講機，沙炳興和匡副探長正坐在他的對面，方局長抬起頭來，道：「沙先生──」

「別說了！」沙炳興粗暴地打斷了方局長的話頭，「總之，如果我受到了損失，你們要負一切責任，你別忘了我這句話！」

方局長自然是知道這句話的意思的。

因為在本市，有兩家銷路頗過得去的報紙，是他創辦的，而他有股份的報紙，則還有三家，而且其中有兩家，是在全國範圍內發行的！

那也就是說，如果他受了損失的話，他將在他所可以影響的範圍內來攻擊警方！

方局長皺了皺雙眉，沙炳興這樣的做法，有點跡近無賴了！

他轉過頭去，道：「匡副探長，你選派幾個得力的弟兄，在沙先生的府上仔細防衛，你本身則隨時保護著沙先生。」

「不是保護我！」沙炳興繼續怒吼，「是保護我的那些鈔票，有人要來『欣賞』我的鈔票，怎麼你完全不明白我的意思？」

「我明白，我吩咐匡副探長就是這個意思。」

沙炳興「哼」地一聲，他顯然對警方的措施仍然感到極度的不滿，但是他也知道，自己再吵下去，也是沒有用的了。

是以他憤然地走了出去。

匡副探長遲走一步，那是因為他早已得到了方局長的暗示之故，沙炳興一走，方局長便拉開了抽屜，取出了一件東西來。

那是一粒西裝的鈕扣，但是比尋常的鈕扣略厚些，而如果不是仔細看，也是看不出來的，在後面，有一枚尖針，可以將之插在衣服上。

「匡副探長，」方局長解釋著，「這是超小型的無線電通話儀，你只消用耳語般的聲音對著它講話，在十哩之內我們就可以收聽到。」

「是。」匡副探長將之接了過來，他略想了一想，便伸手拉去了左袖上三粒鈕扣中的一粒，而將那特製的「鈕扣」插在那粒鈕扣的位置上。

方局長嘉許地點了點頭，匡副探長不愧是一個有經驗的警務人員，他立時就想出了放置這通訊儀的最好地方了。

方局長又吩咐道：「我們會有人不停地聽著你的報告，一有什麼特殊的情況出現，你立即報告，我們就可以採取行動了！」

「是！」匡副探長退了出去。

方局長又拿起另一個這樣的「鈕扣」來，想了片刻，又按下了直通高翔辦公室的對講機，道：「高翔，你到我這裡來一次。」

「可是沙炳興的事？」

「是的，但是我已將他打發走了。」

高翔無可奈何地走出了辦公室，剛好看到沙炳興走出警局的大門，他向之鄙夷地望了一眼，便來到方局長的辦公室。

方局長拍了拍高翔的肩頭，道：「如果沙炳興真的受了損失，那麼，警方將受到他無情的攻擊，你一定是知道這一點的了。」

「我明白，可是我想他不會有什麼損失。」

「最好是那樣，但是我們不得不小心一些，」方局長將通訊儀交給了高翔，「這個給你，我要匡副探長一有特殊的發現，便立即向你報告，我想這件事情，恐怕沒有那樣簡單，沙炳興看到了那張箋帖，便如此驚惶，說不定他自己知道驚惶的理由，只不過他不肯講而已。」

「你是說，他知道這個署名的是什麼人？」

「有這個可能，但是不能確定。」

「嗯——」高翔略想了一想，也覺得方局長所說十分有理，因為沙炳興的態度，的確是十分難以解釋的，何以他竟然預知會有意外發生呢？

高翔想了片刻，道：「我明白了，我一定隨時留意。」

「高翔，如果可能的話，最好你能夠到沙炳興的住宅附近去，那麼，有事情發生，你也可以最快地趕到出事的現場了。」方局長帶些要求的口氣說著。

高翔雖然十分不願意，但是也無可奈何，他只得苦笑了一下，道：「也好，我到他住所的附近去，這實在是……使人不高興的差事。」

「委屈你了，高翔！」方局長笑著安慰他。

高翔離開了方局長的辦公室，回到了自己的辦公室中，略為整理一下，便駕著一輛有冷氣的汽車，駛離了警局，一直來到沙炳興的住宅之外。

沙炳興的住宅，可以說是本市最具特色的一幢房子，它古色古香，完全是玻璃瓦的，灼熱的陽光曬在玻璃瓦上，反映出耀目的光輝來。

高翔將車子繞著圍牆駛了一圈，駛進了一條斜路，然後在路邊停了下來，拉過一張報紙，蓋住了臉，打起瞌睡來。

幾乎是和高翔的車子停在沙炳興住宅圍牆之外的同時，一輛豪華得令人咋舌的黑色大房車，駛進了鐵門，在那幢大屋子前面停了下來。

車子才一停下，石階上早有一個男僕下來，拉開了車門，沙炳興跨了出來，跟著他出來的，是警方的匡效衡副探長。

匡副探長的神色十分尷尬，那顯然是沙炳興一直在發脾氣的緣故，他下了車之後，餘怒未息，還在罵道：「你看到了沒有，要講人手，我這裡足夠了，還要警方派來的人做什麼？我需要的是一個特殊的人，一個可以使我不受損失的人！」

他這樣講法，分明是當面在罵匡效衡，說他沒有用，不能夠保護他，幸而匡副探長的修養十分好，他面上的神色雖然尷尬，但是卻絕不發怒。

相反地，他還笑著道：「沙先生說得是，高主任名揚國際，自然是非同小可的人才，但是他既然認為這是小事，大約不致於有什麼事發生的！」

「他知道個屁！」沙炳興突然罵了起來。

他罵了那麼一句，忽然之間，像是覺得自己失言一樣，連忙收了口，面色也變了一下，急匆匆地向石階之上，走了上去。

一進門，是一個很大的川堂，過了川堂，是一個大得異乎尋常的大廳，那大廳中的陳設，完全是古色古香的，據設計的人說，這個大廳的陳設，是參照了中國清朝某一個王公家中的大廳而設的。由於大廳十分寬敞，是以一進來就給人以十分清涼的感覺。

進了大廳之後，沙炳興的怒氣似乎平了不少，他轉過頭來，道：「匡先生，你在這裡隨便坐，請原諒我不能陪你了。」

「沙先生，」匡副探長忙道：「我認為你應該帶我去看看你收儲現鈔的地方，那麼我可以更好地做好防範的工作。」

沙炳興在突然之間，像是被人觸到了最痛的痛楚似地直跳了起來，他尖聲叫道：「不能，不必你費心了，我自有主意！」

匡副探長聳了聳肩，道：「那麼我隨便走走，可以麼？」

「請便！」

沙炳興向前走去，一面又道：「車子仍替我準備著，我還要去找人，我要去找……去找有用的人，我要去找女黑俠木蘭花！」

沙炳興在旁門處走了出去，匡效衡走向大門外，他略略抬起左袖來，按下了一個極小的掣，低聲道：「報告，報告！」

他講了兩聲，高翔就聽到了，高翔也按下一個掣，匡效衡的「鈕扣」中，發出了輕微的「滴滴」聲，表示已有人接聽了。

匡效衡低聲道：「沙炳興要去請木蘭花了！」

「我是高翔，讓他去碰釘子好了！」

「是。」

高翔突然感到了一陣快意，他是一個警務人員，對於沙炳興那樣，神氣十足，自以為不可一世的市儈，不能夠發怒。

但是，木蘭花卻不同！

如果沙炳興去向木蘭花提出同樣的要求的話，那麼，他不被木蘭花和穆秀珍兩個人趕出來才怪，想到自己有人代為出氣，高翔自然不免高興。

他將身子躺得更舒服一點，又闔上了眼。

這時候，是七月七日，中午十二時。

中午十二時三十分，那輛華貴的黑色大房車，在木蘭花住所的小花園外停了下來。木蘭花的花園雖小，但是卻十分清雅。

這時，花園中的花木全沐浴在威猛的陽光中，木蘭花穿著短褲和運動衫，正坐在一柄大傘下面，遠眺著平靜的海水。

車子駛近的聲音，使她轉過頭來。

而當她轉過頭來之時，沙炳興已經從車中走出來了。

沙炳興那種特殊的裝束，以及他那種枯瘦的身形，木蘭花一眼便可以認出他是什麼人來了，木蘭花心中不禁暗嘆了一口氣。

天氣那麼熱，已經夠使人煩了，偏偏又來了這樣的一個大富翁，天底下只怕沒有什麼比和一個大富翁談話更悶的事了！

可是，對方既然找上門來了，在禮貌上，木蘭花卻是不能不接待對方的，她不等來客按鈴，便站了起來，向鐵門走去。

當她來到門口時，沙炳興也來到門前了。

「請開門，」沙炳興向木蘭花打量著，「我是來找木蘭花小姐的，我姓沙，我有一件十分重要的事來請她幫忙。」

「請進來，我就是木蘭花。」

沙炳興一面走進去，一面仍然有點不相信似地望著木蘭花，「嗯」地一聲，道：「原來小姐就是木蘭花女俠，那太好了。」

「請進來坐，沙先生，如果你遇到了什麼麻煩的話，我認為你至少應該先去求助於警方，警方是有責任為市民解決疑難的！」

木蘭花不等沙炳興將問題提出來，便先堵了他的口。

卻不料沙炳興立時大有同感地叫了起來，道：「是啊，我已經到警局去過了，可是警局那些人，卻不理會我的要求！」

木蘭花呆了呆，隨即笑道：「這只怕不可能吧，沙先生，你的要求是什麼？我想警方是不會不答應你的要求的。」

「哼，不說它了，我要警方最傑出的人物高翔來看守我所儲存的那些鈔票，因為有人揚言今晚七時要來參觀，所以我才這樣要求的，卻不料高翔竟將我趕了出來，只派了一個什麼混帳副探長敷衍我，所以我來請你去替我看守，我付錢給你！」

沒有這最後一句話，木蘭花心中的厭惡還不至於到達頂點，可是沙炳興那最後一句話，以為有錢就可以解決一切的態度，卻將木蘭花激怒了，木蘭花冷冷地道：「沙先生，我同意高先生的做法，只怕我也要用他對付你的辦法了。」

「什麼？」沙炳興睜大了眼睛。

「我也要將你趕出去了！」木蘭花將事情說得更明白了。

「這……這……」沙炳興又驚又怒。「這是怎麼一回事？木蘭花小姐，你，你不肯答應我的請求？不肯去保護我的那些鈔票？」

「不肯！」木蘭花斬釘截鐵地回答著。

沙炳興呆立了半分鐘之久，才怒氣沖沖地走了出去。

三十分鐘之後，高翔接到了匡效衡的另一個報告：沙炳興回來了，他是自己一個人回來的，他顯得十分之惱怒，見人便罵！

高翔會心地笑了起來，他知道沙炳興為什麼會那樣，那是因為沙炳興在木蘭花那裡，碰了一鼻子灰回來了，這實在是大快人心的事情！

高翔伸直了腿，繼續打瞌睡，太陽雖然猛烈，但是高翔的車中一直開著冷氣，所以他一點也不覺得炎熱，他真的舒舒服服地睡了一覺。

當他醒來的時候，他翻起手腕看了看手錶，已經是下午六時了。高翔向車外張望了一下，他看到在沙炳興的住宅前，有兩個便衣人員在踱著步。

高翔打了一個呵欠，這真太無聊了，還要守一個小時，到了七時，如果沒有什麼事情發生，高翔決定進去，將沙炳興罵上一頓！

高翔伸了一個懶腰，準備繼續再睡。

這時候，他已經聽到了在他的身後，有車子駛動的聲音傳來，但是他卻並沒有放在心上，因為這條斜路，警方並未予以封閉，自然是有車子來往的。

可是，就在高翔伸了一個懶腰之間，事情就發生了！

先是猛地一震，那一震，令得高翔的身子突然向前撞了出去，那一撞的力量，十分之大，如果不是高翔在千鈞一髮之間，雙手抓住了駕駛盤的話，那麼，他的胸口一定撞到了駕駛盤上了，而衝力如此之大，他的肋骨是一定會被撞斷的！

他的身子猛地俯了下來，雙手的手腕，也一陣疼痛，幾乎脫臼，然後，他才聽到自他車後傳來的那一下巨大的聲響。

高翔連回頭看一看的機會都沒有！

因為，在一撞之後，他的車子已突然在斜路上向下滑了下去，事情是一齊來的，高翔還未曾去踏剎車，車子便又向下直衝了下去。

高翔是將車子停在斜路上的，那條斜路的斜度頗高，車子衝下去的速度十分快，高翔勉力鎮定心神，抬頭向前看去。

他只看到兩個便衣探員抬起頭來，用十分可怖的神情望著他，因為他的車子，正是向著這兩個便衣探員撞過去的！

高翔一面扭轉方向盤，一面踏下了剎車。

自他的車子上，發出了難聽之極的「吱」地一聲響，他的車子總算停住了，離那兩個探員只不過呎許而已，高翔出了一身汗，定了定神。

只見那兩個便衣探員，已向前竄了出去，同時，他們的身子伏下，「砰」、「砰」連放了兩槍。

高翔連忙轉過頭去，他看到了一輛灰色的車子，正以極高的速度駛下斜路，向左轉，駛了出去，那兩槍正是射向這輛灰色車子的。

但是由於車子正在急速的前駛，所以那兩槍並沒有射中。高翔心知那輛車子一定便是在他車後撞他的那輛，要不然就不會使那兩個便衣探員開槍的。

高翔連忙轉過車子，踏下油門，以同樣的高速向前追了出去。

當他開始追出時，前面的車子已經轉過了一個彎角。

而當高翔的車子，也轉過了這個彎角之後，他看到那輛灰色的車子，正在他前面五十碼左右，高翔將車子的速度提得更高。

他和前面的車子漸漸地接近了，高翔這時，是完全可以放槍射擊前面的車子的，但是他知道，在這樣的高速之下，如果前面的車子中了槍，一定車身翻轉，車中的人是萬難生存的，而如果車中的人死了，為什麼要來害他一事，當然也難以調查了。

高翔只是將速度提得更高，而那條公路，是繞山的公路，十分彎曲，車子在高速行進中，每逢轉彎，幾乎是隨時可以跌下山去的！

然後，槍聲響了！

那一下槍聲，聽來並不十分響亮，可是，緊接著，高翔車子的擋風玻璃便破裂了，高翔連忙低下頭來，玻璃碎片在他的背上呼嘯著飛過。

高翔猛地踏下了剎車，車子在公路上一連打了幾個轉，才停了下來，高翔還來得及向前面的那輛車子射出兩槍，可是那兩槍卻並沒有射中。

高翔的車子並沒有壞，他以最迅速的手法，除去了殘剩的碎玻璃，立即繼續向前追去，可是這一耽擱，前面的那輛車子已不見了。

高翔一面追蹤著，一面打開了車中的無線電話，道：「第七號公路全部警崗及巡邏車注意，攔截一輛灰色的，六二型的德國車，小心，車中的人有武器，而且武器的持有者，射擊技術極好。」

他一再重複著這項命令，直到他自己突然看到了那輛車子。

當高翔看到那輛車子的時候，兩個駛著摩托車的警員，也恰好在那輛車子前停了下來，高翔停了車，跳下車子。

一點也不錯，是那輛灰色車子。

但是這輛車子卻是空的。

2 老混蛋

高翔呆了一呆，那兩個警員向他行了禮，道：「我們一接到命令，便立即兜截了過來，並沒有發現什麼可疑的人！」

高翔問道：「也沒有什麼別的車子？」

兩個警員一呆，道：「當然有的，高主任的意思是……已經有別的車子，將這輛車中的人接應走了？」

「當然是，難道他們還等著受捕不成！」高翔沒好氣地回答，但是他繼而一想，這不關那兩個警員的事，怎可以責備他們？是以他立時道：「對不起，我的心情不好。」

他這樣一解釋，兩個警員反倒惶恐不安起來！

高翔勉強笑了一下，道：「你們回到崗位去吧！」

那兩個警員再行禮，跨上了摩托車，駛了開去，高翔拉開了那輛灰色車子的車門，正待去檢查一下車內之際，他的那粒「鈕扣」，突然響起了滴滴聲。

那是匡效衡又有事向他報告了。

高翔心中苦笑了一下，暗忖這倒好，早不報告，晚不報告，偏偏在自己最狼狽的時候，他倒有事情向自己來報告了！

但是他繼而一想，匡效衡是不知道自己在什麼地方和在做什麼事情的，這實在不能怪他，他按下了那個鍵，立時聽到了匡效衡的聲音。

而當他一聽到了匡效衡的聲音之後，他陡地跳了起來！

匡效衡的聲音十分驚懼，驚懼得使人聽來有毛髮直豎之感，他正在叫：「高主任，高主任，我在這裡看到，看到……」

在乍一聽到匡效衡聲音的時候，高翔不免陡地一怔，但是高翔究竟是出生入死，勇氣極大的人，他立時鎮定了下來，問道：「你看到了什麼？」

從通訊儀中傳出來的聲音，更令得高翔心寒。

那是一陣笑聲！那一陣笑聲，當真可以說是怪異到了極點，高翔一聽便知道，如果一個人不是恐怖到了極點，是絕不會發出這樣反常的笑聲來的！

然則，匡效衡又是發現了什麼呢？

「老匡，老匡，鎮靜點，你在什麼地方？」

可是，高翔的叫聲，卻一點作用也沒有，匡效衡繼續發出令人毛髮直豎的笑聲來，而笑聲在持續了半分鐘之後，卻變成了一種來自喉頭的「咯咯」聲。

匡效衡已發生了危險，這是毫無疑問的事情！

而高翔也不再猶豫，他陡地拉開了那輛灰色車子的車門，人還未曾坐好，便踏下油門，車子在衝出了五六碼之後，他才掉頭，然後，以最高的速度向前直衝了出去，他必須趕回沙炳興的住宅去，盡可能將匡副探長從危險中救出來。

高翔在想到了匡效衡可能已遭到不測這一點來推測，更想到在沙宅之中，可能出了事情，所以他實在必須以最高的速度趕回去。

同時，他也看了看時間。

那是下午六時四十分。

他用了半小時的時間來追蹤那輛灰色的車子，如今是不是能在二十分鐘之內趕回去呢？高翔這時，已隱隱感到自己是中了人家的調虎離山之計了！

他將車子的速度提高到時速七十哩，在那樣彎曲的公路上，用這樣的高速行駛，是十分危險的事，他隨時隨地都可能跌下山去的！

幸而高翔的駕駛技術十分高超，每次轉彎，雖然險象百出，但總能履險如夷，車子很快地就已經接近市區了，可是也在這時候，高翔聽到，在行駛中的汽車引擎發出了不正常的聲音來，高翔突然一呆，發覺車子的速度正在銳減中。

接著，幾乎是在同一分鐘發生的事，車停了。

高翔連忙向油表看去，針指在「E」字上。

高翔苦笑了一下，他看了看時間，是六時五十八分。

不能在七時之前趕到沙炳興的家中，那是毫無疑問的事情了，但是他仍然必須在最短的時間內趕赴目的地，他同時也想知道匡效衡的情況。

他對著通訊儀，叫道：「老匡！老匡！」

可是，匡副探長傳出了一陣異樣的「咯咯」聲之後，一直沒有聲音發出來過，這時，高翔的喚叫，也得不到反應。

高翔跳出了車子，他看到一輛名貴的美國「雷鳥」跑車，正向他駛來，高翔連忙跨到路中心，伸手攔住了那輛車子。

這種名貴的跑車售價十分貴，而且耗油量最大，在本市的數量是不多的，而且，駕駛這輛跑車的，是一個穿著鮮黃色迷你短裙的女子，那女郎的裙子已是如此之短，她身上的衣服更短，露出雪也似白的一段腰肉，如果這時還有第二輛車子，高翔是不會攔住這一輛車的。

高翔的突然出現，使得那輛車子突然停了下來。那女郎抬起了頭來，她臉上的化妝，濃得叫人吃驚，她塗成了橙黃色的嘴唇，奇異地成為一個「O」字形，望著高翔。

高翔忙走了上去，道：「對不起，小姐，我是警方人員，我忙於執行任務，我的車子沒有汽油了，必須暫時借用你的車子。」

那女郎一聽，突然「格格」地笑了起來。

一聽到那笑聲，高翔便突然一呆。

同時，那女郎也已取下了架在她俏臉上，將她美麗的臉龐幾乎遮去了一半的那副大黑眼鏡來，道：「高翔，看你，這樣狼狽幹什麼！」

「秀珍！」高翔驚叫了起來！

那女郎不是別人，正是穆秀珍！

這實在是高翔萬萬想不到的事情！

「是我啊，咦，你這樣吃驚做什麼？」

「秀珍，你在搗什麼鬼？你為什麼扮成這樣？蘭花知道麼？」高翔一面責問著，一面又已跳上了車子，道：「快！快！快開車！」

「當然知道，」穆秀珍回答，她的神情很得意，「你看我好看麼？我參加今年汽車小姐的選舉，得了冠軍，你看我自己設計的衣服怎樣？」

「好是好，可是太暴露了一些。」高翔回答。

「咦！」穆秀珍向高翔做了一個鬼臉。

「這輛車子，就是冠軍的獎品麼？」

「正是，我和蘭花姐很早就想要一輛這樣的跑車，蘭花姐還說，她要邀你一起改裝這輛車子，將它設計成一輛萬能車，唔，你要上哪兒去？發生了什麼事？」穆秀珍突然又驚叫了起來，道：「看你，額上有血，你可是受了傷麼？」

高翔知道，額上的傷，是他的車子，車前玻璃被射碎的時候，被碎玻璃片濺到所致的，他搖頭道：「傷不要緊，我們到沙炳興的家中去。」

「噢，就是那個大闊佬？」

「是的，他去找過木蘭花，你沒見到他麼？」

「沒有，我今天一早就出去了。究竟發生了什麼事？」

「唉，一言難盡，看，快到了！」高翔一面說，一面又翻起手腕，看了看手錶，時間已是七時十三分了，如果在冬天，這時候早已天黑了。

但如今正是炎夏，太陽還未曾下山，相反地，在下山之前，還盡可能地在施展著它的餘威，熱得使人喘不過氣來。

當穆秀珍駕駛的車子，陡地停在大鐵門之前的時候，遠處也響起了嗚嗚的警車聲，警車聲是自遠而近傳過來的。

高翔叫道：「開門，開門，我是警方人員。」

他高聲一叫，鐵門內有兩個人匆匆奔了過來。

那兩個人奔到鐵門前，拉開了鐵門，穆秀珍駛著車，進了花園，高翔這才發現，那幢屋子的幾個窗口中，有極濃的濃煙冒出來。

高翔和穆秀珍兩人在屋子前，跳出了車子，有兩輛車，滿載著警員，也已經直駛了進來，同時，沙炳興也出現在門口。

沙炳興的手中持著手杖，身邊有兩個人扶著，他面色鐵青，身子在發抖，他一看到高翔，怒意更甚，陡地向石階下衝來。

他直衝到石階之下，揚起手杖，便向高翔打了下來！

高翔連忙帶著穆秀珍，向後退出了一步。

從那兩輛警車上跳下來的兩個警官，已直衝了上來，一個以極敏捷的身手，將沙炳興手中的手杖奪了下來，大聲道：「沙先生，他是警方特別工作室主任！」

沙炳興喘著氣，仍以他枯瘦的手指，指了指高翔，罵道：「我當然認識他，我知道他是特別工作室主任，他也是大混蛋！」

那兩個警官愣住了，穆秀珍陡地踏前了一步，她老實不客氣地以手指住了沙炳興的鼻尖，嬌叱道：「住口，你有什麼資格侮辱警方人員？我看你才是老混蛋！」

沙炳興氣得發抖，叫道：「反了，反了，替我把這個妖精趕出去，快，你們這些死人，還不替我把這個妖精趕出去！」

穆秀珍叉著腰道：「好，看誰敢來碰我！」

兩個男僕來到了穆秀珍的面前，卻也有手足無措之感，如果穆秀珍是一個男人，他們自然可以毫不猶豫地下手推她。但是穆秀珍卻是一個曲線玲瓏的女郎，而且，這時候她身上所穿的衣服極其暴露，她美麗的胴體有一大半暴露在外！

在那樣的情形下，這兩個男僕如何下手？

而沙炳興給穆秀珍罵了一聲「老混蛋」，氣得一迭聲要趕穆秀珍走，高翔皺了皺眉，心想這樣纏下去，什麼時候才能了結？而在這裡，又不知道究竟發生了什麼事情！

是以他連忙道：「沙先生，我看你還是不要趕走她的好，因為她是穆秀珍小姐，也就是木蘭花小姐的堂妹，是大名鼎鼎的女黑俠！」

沙炳興陡地一呆，啊了一聲道：「是她？」

穆秀珍揚了揚頭，道：「失禮！」

這時候，屋子又有兩個人奔了出來，一個是中年婦人，另一個是西裝筆挺的男子，兩人一起奔出來，道：「沙翁，什麼事？」

「你們來了，好，好，」沙炳興總算有了下臺的機會，「沈秘書，你快打電話，通知所有的報紙派採訪主任來，特別是我們的報紙！快去，快！」

高翔呆了一呆，忙道：「沙先生，事情——」

他是想要沙炳興別那樣快就去叫記者前來的，可是他的話才講了一半，沙炳興已經怪吼了起來，道：「這是我的事，你管不著！」

高翔嘆了一口氣，攤了攤手。

他實在沒有辦法阻止沙炳興召記者來的。但是高翔卻也萬萬想不到，沙炳興召來了各報的記者之後，會出現那樣的結果！

晚上九時，在木蘭花的住所中。

木蘭花、高翔和穆秀珍都坐在沙發上，在沙發之前的咖啡几上，放著一大疊報紙，他們三個人的神情也各不相同。

木蘭花的神色十分靜謐，她像是在沉思，高翔則十分激憤之中，又帶一點無奈何的苦笑，只有穆秀珍最活躍。

每一張報紙上，都刊著巨幅的相片，相片中的人，不是高翔，就是穆秀珍，要不然，就是穆秀珍和高翔兩人在一起。

穆秀珍這時已經換回了普通的裝束，但是在照片上，她仍是穿著那套奇形怪狀的衣服。

她這時正在指指點點，道：「蘭花姐，你看，這張拍得多好，姿態自然，就是在一旁的高翔不合作，面孔像茄子乾一樣，這一張可拍得不怎麼好……」

客廳中只有她一個人的聲音，直到木蘭花突然叫道：「秀珍，你吵死人了！」穆秀珍才陡地抬起頭來，停止了講話。

她望了望木蘭花，又望著高翔一會，才道：「咦，怎麼一回事？這沙炳興有大把錢，他失去了一批錢，你們代他愁眉苦臉做什麼？」

木蘭花嘆了一口氣，穆秀珍的話未嘗沒有理由，但是事情絕不是那麼簡單，因為，所有的報紙，都對警方和高翔展開了嚴厲的抨擊！

這些報紙，全是號外，第二天的日報，當然會有更厲害的攻擊詞句出現，這是不能不使高翔和木蘭花兩人感到頭痛的事情！

所以木蘭花的心中也十分紊亂，她只是瞪了穆秀珍一眼，道：「你別出聲行不行？」

穆秀珍碰了一個釘子，賭氣噘起了嘴，不再出聲。

木蘭花伸手，拿起那些報紙來。一張報紙的大字標題是：

39 天外恩仇

本市首富沙炳興家中，發生離奇劫案，巨款現鈔，不翼而飛
事先曾有警告，警方置之不理，束手無策

這還是最客氣的，另一張的標題是：

高翔不高明，女俠似女妖

還有一張號外的標題則是這樣：

失主事前求助竟遭警方峻拒，如今損失重大責任究該誰負

更有一張報紙這樣標題：

光天化日巨竊施展手段，明目張膽警方一籌莫展

最令高翔難堪的是，兩家屬於沙氏機構的報紙，全都將他的照片登出來，在旁加上說明，道：「就是他，身為警方人員，市民公僕，但在事主要求保護之際，竟嚴加拒絕，口出惡言，試問高主任，你這樣做，是不是等於幫助了盜賊？」

木蘭花將幾份報紙一起摺了起來，放在報夾中，她的聲音聽來還是很平靜，道：「高翔，別難過，沙炳興也曾來找過我，可是也一樣給我趕出去了。」

「我知道，」高翔苦笑，「可是他不能攻擊你的！」

「真混蛋！」穆秀珍又忍不住講起話來，「高翔參加了警方工作，出死入生，不知立下了多少功勞，這時，因為這一點小事，卻受到這些混蛋這樣的攻擊！」

「秀珍，」木蘭花嚴肅地道：「從事警務工作的人，可以說是世界上最偉大的人，他們不但要冒著生命的危險去執行任務，而且由於他們是公務人員，他們也必然要遭受到市民的指責，他們又必須承受這種指責，警方人員品格之偉大也在於此！」

穆秀珍咕噥著，道：「我就不服氣！」

高翔看到她們兩姐妹爭了起來，反倒勸道：「別吵了，蘭花，這件事情這樣亂，你看我們應該從哪裡著手才好？」

木蘭花微笑地望著高翔，道：「高翔，事情並不亂，只不過你的心亂，所以才覺得事情亂而已，事情的經過究竟怎樣，你還未曾向我說完呢。」

「好，」高翔定了定神，「我原原本本地和你說。」

高翔開始向木蘭花講述事情的經過，由於前半段事情如何，穆秀珍也是不知道的，是以她也不再出聲，坐在沙發上，用心地傾聽著。

事情的上半段，當然不必再覆述了，但是，事情的後半段，也就是在沙炳興大聲叫沈秘書去召集各報記者之後，卻有必要詳細地補充一下。

當時，高翔既不能阻止沙炳興去召集記者，他自然知道沙宅之中，發生了不尋常的事情，而且，匡效衡一直未曾露面，也的確使人擔心。而如今，沙炳興又明顯地對他含有極度的敵意，在那樣的情形下，他想要很好地展開調查工作，那簡直是不可能的事。

是以高翔忍住了氣，道：「沙先生，究竟發生什麼事？警方派來的匡副探長呢？你先別急，我們一定可以有辦法解決的。」

「解決個屁！」沙炳興仍然咆哮著，「誰知道匡副探長在什麼地方？他是什麼東西？你們警方人員全是吃飽了飯不做事的飯桶！」

在旁邊的兩個警官聽到這裡，也忍不住了，搶白道：「既然警方人員全是飯桶，那麼沙先生，報警的電話可是你打的？」

高翔的心中也不免生氣了，他大聲道：「好，我們全是飯桶，留下兩個人在這裡，幫我尋找匡副探長，其餘人全收隊回去！」

已下了警車的三十名警員，一起轟雷也似地答應著！

警方的態度一變強硬，沙炳興的面孔煞白，但是卻也不再怪叫了，他只是氣呼呼地轉頭道：「沈秘書，打電話到警局去，去找方局長！」

那個沈秘書剛打了電話回來，這時聽得沙炳興一叫，連忙又奔進屋子去。

高翔冷笑了一下，道：「沙先生，你看，那幾個窗口中還有濃煙在冒出來！」

沙炳興大叫道：「你明知有濃煙冒出來，還站在這裡？」

他大概是叫得太用力了，大聲地咳嗽起來，那中年婦人連忙扶住了他！

穆秀珍在一旁撇了撇嘴，道：「活該！」

高翔已一揮手，帶著十來個警員向前奔去，一面叫道：「快用無線電話通知消防局，叫他們派消防車來，要盡快到達！」

十來個警員和高翔奔到了冒煙的窗前，高翔來到了窗前，才發現窗子是地窖的窗，窗口全是又粗又密的鐵枝，是根本沒有法子進去的。

而濃煙則在不斷地冒著，全然無法看清裡面的情形。

高翔連忙轉過身來，道：「沙先生，到地窖的入口處在什麼地方，請你派人帶我們去。」

沙炳興的回答，卻是出乎高翔意料之外的，他搖手道：「不能！不能！」

高翔陡地一呆，但隨即明白了！

那地窖一定就是沙炳興儲存大量現鈔的地方！

高翔不禁又是好笑，他立即道：「沙先生，煙那麼濃，地窖中可能正在進行燃燒，別忘了，鈔票全是紙做的！」

沙炳興的臉立時變得可怕地蒼白，他的聲音也有點發顫：「好，好……帶你們去，可是這裡的……人那麼雜。」

「唉，」高翔實在不耐煩了，「你是怕地窖開啟的秘密被人知道了，是不是？以你的財力而論，大可以建一個更安全更堅固的，還怕什麼？」

沙炳興忍痛咬著牙，轉身向屋內走了進去。

這時候，消防車的聲音也傳來了。

高翔吩咐一個警官留在外面，命令他消防車一到，就向冒煙的窗口噴射泡沫滅火劑，他和穆秀珍以及幾個警員，則跟在沙炳興的後面。

高翔一個箭步，趕到了沙炳興的身邊，道：「沙先生，事情是怎麼發生的，你趁這個機會對我說一說，我也好有個頭緒。」

沙炳興道：「事情已經發生了，還有什麼好說的？」

「什麼，如果你有損失，你不想破案麼？」

「我當然有損失，我知道我一定有損失的！」

「那麼，事情的經過怎樣，你就該向我說。」

「好！好！」沙炳興道：「很簡單，有一個人來找我，他要見我，這個人是三天前就和我約定的，他是菲律賓的一個大商人。」

「他叫什麼名字？」

「王山濤，是大名鼎鼎的王山泉介紹來的，說王山濤是他的堂兄，雖然王山濤來的時間不十分對勁，但我還是接見了他，因為他是早和我約定的。」

「他是什麼時候來的——你們約定的是什麼時候？」

「六時四十五分，他準時而來。」

沙炳興講到這裡轉頭道：「沈秘書，是不是？」

「是，」沈秘書立時恭敬地回答，「是我帶他進來的，他進了老爺的書房，我便退了出去，直到將近半小時後，我聽到了喧嘩聲，才奔出來的。」

「那麼在這大半小時之中，發生了什麼事？」

高翔一面問，一面心中一動，他想起來，當他駕著那輛灰色的車子急著趕回來時，時間是六時五十分，那個王山濤來的時候，是六時四十五分，照時間推測起來，匡副探長發出那種絕望之極的叫聲和恐怖之極的叫聲之際，正是六時四十五分，也是王山濤進來的時候！

是以，高翔不等沙炳興回答，又轉過頭去道：「沈秘書，在你帶王山濤進來的時候，你可曾聽得有什麼人怪叫，或是發出異樣的笑聲？」

「沒有啊。」沈秘書面上現出了十分疑惑的神情。

「那麼，你有沒有遇到十分可怕的東西？」

「也沒有。」

「王山濤的樣子很可怕麼？」

「不，他是一個胖子，看來很和氣的。」

沙炳興到這時候，才「哼」地一聲道：「想不到他竟是——」

沙炳興講到這裡，突然停了一停，那是一個突如其來的停頓。

而這種不自然的停頓，也立時引起了高翔的注意。

高翔連忙問道：「他竟是什麼？」

沙炳興道：「他竟是……他竟是一個壞人！」

「他怎樣？」

「他一來，寒暄了幾句，就取出了雪茄來抽，我本來是最厭惡煙味的，他卻故意向我噴著煙，我大為不樂，正待出言阻止他，可是我忽然不能講話了，身子也軟了，他噴出來的煙是有毒的，接著他……」沙炳興講到這裡，又頓了一頓。

高翔再度敏感地覺得這一頓又是極不自然的。

沙炳興在略停了一停之後，才繼續道：「接著……我便昏過去了，我一醒，便立時撥電話報警，等我出來，你和這個小……小姐恰好也來了。」

這時候，他們一行人已來到一只古董櫥之後，那古董櫥是在大廳的一角，沙炳興用力一推，古董櫥便移了開去。

櫥子移開之後，出現的是一大塊鋼板。

3 兩個關鍵

那顯然是一扇鋼門，但這時，這塊鋼板卻是虛掩著的。

「他進來過了！」沙炳興叫了起來。

他叫了一聲之後，身子搖搖欲墜，幾乎昏了過去。

一個警員連忙將他扶住，沙炳興頓足道：「快，你們快進去！」

高翔一抬腿，一腳踢開了那鋼門，鋼門之內，是通向下面的階梯，高翔向下奔了下去，盡頭處是另一扇鋼門，鋼門關著。

高翔推了一推，那扇鋼門應手而開。

鋼門一開，滾滾的濃煙便奪門而出，高翔猝不及防，立時猛烈地嗆咳起來，他屏住了氣息，勉力將門關上，已然滿面通紅。

他不得不退回來吩咐道：「準備防毒面具！」

一個警官答應著，另一個警員則叫道：「高主任，消防局的一位隊長要見你！」

「請他來。」高翔一面咳，一面回答。

那位隊長匆匆地奔了進來，來到高翔的面前，道：「高主任，這地窖中沒有著火，濃煙是由化學劑產生的，我們要衝進去。」

「好的！」

不等沙炳興有異議，高翔便答應下來。

一小隊配有防毒面具的滅火隊員，在隊長帶領下，進了地窖，這時候，方局長也已經趕到了，由於濃煙四冒，每一個人都逼得退到了花園之中。

高翔看看濃煙不散，又下令調來一架強力的鼓風機，足足忙了一小時左右，煙才驅散，人才可以進入地窖之中去。

進入地窖中的第一批人，是高翔、沙炳興、沈秘書、穆秀珍、方局長，和若干警員，他們看清了那地窖中的情形。

地窖的上面，有兩個窗口，在那兩個窗口上，全是又粗又密的鐵枝，地窖的四面牆壁，全是以極大的大石塊砌成的。

總共有八座高達六呎的保險箱，就裝在那些每一塊至少有一噸重的大石塊中，八座保險箱中有一座已被打開了。

那被打開的一座保險箱，空空如也。

進了地窖之後，沙炳興一言未發。

他只是在見到了那座空保險箱之後，發出了一下幾乎絕望的呻吟聲，要靠沈秘書扶著他，才能站得穩，那時，記者也已趕到了。

他們雖然在地窖中，也可以聽到外面的喧鬧聲。

在空的保險箱中，有一張象牙色的箋卡，上面用特殊的墨水寫著兩行字：

時間倉卒，僅及參觀閣下珍藏八分之一，未為心足，日後再來，定當通知！

沙炳興拿著這張紙，手抖著，然後，他將這張紙拋到了高翔的臉上，便怒氣沖沖地向外走了出去，高翔仍留在地窖中。

那一座保險箱中的鈔票顯然全被偷走了，但損失的數字是多少，當然只有沙炳興一人才知道。冒出濃煙的化學藥品，就是被放在保險箱中的。

等到高翔吩咐警官進行例行的調查工作之後，他才和方局長、穆秀珍一起走出了地窖，他並不知道沙炳興已然向記者對他發出了極嚴厲的抨擊！

所以，當記者紛紛向他和穆秀珍照相時，他並不感到有什麼特別，卻不料他的照片會立時出現在號外上，而且，偏偏那天穆秀珍為了參加「汽車小姐」的決賽，穿了這樣暴露胴體的奇裝異服！

高翔一口氣將後來在沙炳興家中發生的事情講到這裡，才略停了一停。

木蘭花「唔」地一聲，道：「以後呢？又發生了什麼事？」

「以後，就是沙柄興的指責，咆哮，和記者的發問，沙炳興又堅決不肯宣布他那座保險箱中現鈔確切的數字，只是說至少在五百萬以上！」

「那是很可能的，因為沙炳興收藏的都是大額的鈔票，」木蘭花點著頭，「這個視錢如命的人，一定感到很傷心了！」

「唉，」高翔嘆了一口氣，「有一個警官，只不過問了他一句，那些錢是不是有號碼記下來的，就給他罵了個狗血淋頭！」

穆秀珍大概是想起了當時沙炳興罵人的情形，所以忍不住憤然地道：「這個老混蛋，他是真正的老混蛋，一點折扣也沒有打的！」

穆秀珍有時罵起人來，也頗稀奇古怪，高翔心中雖然氣悶，但是聽了之後，卻也不禁笑了起來，道：「秀珍講得真對。」

「高翔，直到現在為止，最重要的一點，你還未說。」

「最重要的一點？」

「是的，匡副探長呢？他到哪裡去了？」木蘭花問。

「蘭花，這的確是最重要的了，而且，這件事十分之離奇，匡副探長竟然失蹤了，當時，記者紛紛向我和方局長責問，提的問題都十分尖銳，十分不客氣，方局長知道我脾氣不好，便將我打發了開去，我和秀珍，帶著十幾個警員，裡裡外外地搜尋著，就是找不到他！」

「以後呢？」木蘭花再問。

「以後？」高翔有點不懂木蘭花的意思，呆了一呆，才道：「以後自然是留下了幾個人駐守，我和秀珍就上你這裡來了。」

「唉，」木蘭花惋惜地嘆了一口氣，「你不曾繼續尋找匡副探長麼？這是整個事件中最重要的人物，你為什麼不繼續找他？」

木蘭花的語氣雖然一點也不嚴厲，但是高翔的臉上仍不免紅了起來，道：「我們已經找過了，因為找不到，所以……」

木蘭花陡地站了起來，道：「別在這裡誤時失事了，走，我們再去找，高翔，你吩咐警方，調動幾輛有探照燈的車子，到沙府去。」

高翔一怔，道：「蘭花，你是說他……已遭了不測？」

「有這個可能，已經有人想你在車中被撞死，匡效衡也是警方人員，為什麼不會遭毒手？而且，我相信他是曾目擊歹徒的！」

想起了匡效衡那種充滿了恐怖的呼救聲，高翔十分有同感地點下頭，他已去撥電話了，穆秀珍也興奮得跳了起來，兩分鐘後，三人便已在車子中了。

沙府前，有四個警員守著，高翔，木蘭花和穆秀珍三人下了車，按門鈴，僕人出來開了門，高翔先將自己的名片遞了進去。

過了五分鐘，才看到沈秘書走了出來，道：「高先生請，這兩位是——」

「她們是木蘭花小姐和穆秀珍小姐，秀珍小姐你已見過的了！」

「啊，原來是木蘭花小姐！」沈秘書立時殷勤起來，「快請進去，沙翁知道你來了，一定會竭誠歡迎的，請、請進！」

沈秘書對木蘭花的特別殷勤，反映出他對高翔的冷淡，高翔當然不會在乎這些，他只是淡然地笑著，跟在沈秘書的後面。

可是，等見到沙炳興的態度，卻令得高翔有點難堪了。

沙炳興正躺在一張和他的身形配合得十分好的安樂椅上，由一個濃裝艷抹三十來歲的婦人在捶著骨，他們才進來，沙炳興便冷冷地道：「賊過興兵，來得那麼勤做什麼？」

高翔的臉上一紅，木蘭花已然道：「沙先生，我們來找匡副探長，他是下午來你府上的，但是卻失了蹤，我們相信一找到他，整件案件便可以迎刃而解了！」

「嘿嘿，」沙炳興冷笑道：「女黑俠，如果你肯接受我的邀請，只怕這件案子根本不會發生，又何必這時來東查西找！」

沙炳興的話十分尖刻，的確使人難以忍受。

穆秀珍踏前一步，便要發作。可是木蘭花卻一伸手，攔住了穆秀珍，仍然十分平靜地道：「沙先生，雖然防患未然十分重要，好過亡羊補牢，但今天下午，我未接受你的邀請，卻是不能夠怪我的！」

「應該怪我！」沙炳興冷冷地說：「是我太相信了人家的傳說，以為大名鼎鼎的女黑俠，是肯急人之難，替人解決困難的。」

高翔也有點沉不住氣了，因為沙炳興的話，實在太過分了些。

可是木蘭花卻仍然絲毫也不在乎，她笑道：「沙先生，你說笑了，可是有一點，我卻是不能不說明白，那就是我聽了你的敘述之後，絕想不到事情有這麼嚴重，但你卻是幾乎肯定事情會變得如此嚴重，或許是我料不到的錯吧！」

木蘭花這幾句話，在旁人聽來十分輕描淡寫，然而，從沙炳興聽到了這幾句話之後的反應看來，他顯然是因為這幾句輕描淡寫的話而大受震動。

他陡地坐起身子，抬起頭來。

然而，當他抬起頭，向木蘭花望來之際，木蘭花也正以炯炯的目光在望著他，這又令得沙炳興立時低下頭去。

只見他揮手向身邊的那婦人道：「你走開！」隨即又有點不耐煩地道：「好，你們去搜尋好了，希望你們早日可以破案！」

木蘭花道：「多謝你的合作！」

這更是一句極普通的話，可是沙炳興的身子又是一震！

三個人一起退出了沙炳興的休息室，高翔鬆了一口氣，道：「這老頭子真厲害，我正怕他一直這樣子嘲笑我們，可不易應付。」

「蘭花姐，你真行，為什麼你一開口，他便不出聲了？」

「是啊，蘭花，他聽了你的話，像是十分不自在，那是為什麼？」高翔也好奇地問著，因為他也注意到沙炳興的神態有異了。

「這件案子，有兩個關鍵，一個是我們要找的匡效衡，因為他一定曾看到什麼極感驚異的事情，他所看到的事，如果我們知道了，那案子一定可以迎刃而解了，至於第二個關鍵，我以為就是在沙炳興這個人自己的身上！」

「什麼？」秀珍和高翔同聲問。

「你們沒有感到，沙炳興對警方隱瞞了許多事麼？如果我的估計不錯，在一接到了那張箋帖的時候，他就知道那是什麼人寫來的。」

「不會吧，」高翔表示懷疑，「他為什麼不說呢？」

「因為某種原因，什麼原因我還不知道。這件事，剛才我曾在言語中用話暗示他，堅持要你或我來看守他的鈔票，可以說他早已預知會發生什麼事情的，他聽了之後，便大受震動，由此可知，我的這一點推測，十之八九是不會錯的。」

「蘭花姐，那麼我們何不乾脆去問他？」

「我們先去找匡效衡。」

「對，」高翔同意道，「省得再去看他的臉色！」

三人一面說，一面已走出了屋子，四輛配有探照燈的車子已經駛進花園來了，木蘭花道：「你去吩咐將探照燈開亮，照著花園的每一個角落！」

高翔奔了過去，木蘭花則自懷中取出了一隻如同「馬錶」也似的儀器來，撥弄了一會，等到高翔回來之後，木蘭花便道：「你和匡副探長之間，不是依藉著無線電通訊儀在聯絡的麼？」

「是。」

「你將通訊儀打開，像是你要向他講話一樣。」

「好的，可是——」

「我這個儀器，可以測到無線電波發射接收的方向，如果離接收器近，就會看到指針在跳動，並且可以指示出距離若干呎，那樣，我們就可以根據指示，找到匡副探長了——或者，只找到通訊儀，如果匡副探長已將它除下的話。」

高翔這時已打開了通訊儀的掣，木蘭花將定向儀湊了過去，只見定向儀上的指針轉動得十分快，約莫三秒鐘之後才停了下來。

指針所指的是北面，三人一起抬頭向北望去，不禁都皺眉頭，他們三人這時都站在屋前的石階之下，而指針所指的北面，就是屋子！

「他可能是在屋子後面。」木蘭花立時繞過了屋子，向屋後走去，高翔緊緊地跟在她的身邊，可是，到了屋後，指針又一陣旋轉，變成指向南了！

在屋前，指針指向北，在屋後，指針指向南，這問題實是再明顯沒有了，他們所要找的目標，是在那幢屋子之中！

他們三人互望了一眼，都感到事情有點不尋常。

因為木蘭花預料，匡效衡可能是被人擊昏，拋在花園的樹叢之中，然而這時，儀器的指針卻證明他是在屋子中。

如果他是在屋子中，而且到這時仍未被發覺，這事情豈不是更神秘一些了麼？

他們三人連忙進入了屋子，一進了屋子之後，指針便飛轉著，始終不能指出一個固定的方向來，但是，在顯示距離的數字格中的數字，卻是二十八呎！

也就是說，他們站在大廳中，他們要找的目的物，離他們只不過二十八呎，但是在哪一個方向，指針卻不能指示。

木蘭花抬起頭，向兩人望了一眼。

高翔和秀珍兩人幾乎同時道：「在樓上！」

木蘭花嘉許地點了點頭，他們上了一層樓，到了二樓，指針仍然旋轉不定，可是數字格中的距離變了，只有十四呎了！

一層樓的高度是十四呎，他們上了一層樓，距離還有十四呎，看來問題很簡單，他們只要再上一層樓，就可以看到匡效衡了。

但是，問題也來了，這幢房子只有兩層樓。如果再上一層樓，就是屋頂了！

三人心中更加奇怪，他們沉默了一會，木蘭花才道：「我看這件事，要去向沙炳興問個明白了。」

「蘭花姐，我們何不上屋頂看看？」

「你以為在琉璃瓦的斜屋頂上，可以伏得住人麼？」

「那麼，匡效衡在什麼地方？」

木蘭花抬起了頭，向上望著。

這時候，他們是在二樓的走廊中，抬頭向上望去，走廊的天花板上，每隔十呎，就有一盞十分美麗的吊燈，放出柔和的光芒。

「我以為，」木蘭花看了半晌之後，才道：「我以為在屋頂之下，天花板之上，是有夾層的，匡效衡就被藏在那夾層之中！」

高翔吃驚地望著木蘭花，難以說話。

當然，尖頂的屋子在天花板和屋頂之間，的確是有一個空間的，為了利用空間，大多數這個尖角是作為儲藏室用的。然而沙宅如此之大，竟要利用這樣的空間來作儲藏室麼？就算是的話，除了沙宅中的人之外，誰又知道那裡有一個空間呢？

那麼，難道匡副探長是受了沙宅中的人襲擊？

由於木蘭花的這個推測，推斷起來實在太可怕了，所以高翔一時之間講不出話來。

木蘭花笑道：「你傻望著我幹什麼？快去請沙炳興來。」

高翔答應了一聲，向樓下走去，他剛來到樓梯口，便見到沈秘書和沙炳興一起走了上來，高翔忙道：「沙先生，你來了，正好我們有事要請教！」

沙炳興則怒氣沖沖地道：「我也正要找你，你們的探射燈這樣照射著，是什麼意思？你還不快下命令叫他們將燈熄掉？」

「沙先生，」木蘭花接上了口：「我們快要撤退了，只要你回答我們一個問題就行了，請問在天花板上，是不是有暗道可以通上去？」

木蘭花只講了這一句話，沙炳興的面色便陡地變了！

剛才，由於他是怒氣沖沖上來的，是以他的臉漲得十分之紅，可是此際，只不過是幾秒鐘之間，他的臉色便變得十分白了！

而且，他顯然有些站立不穩的樣子，他沙氏機構總裁的威風也不知上哪裡去了，他向後退了一步，扶住了一個高几站定，才聽得他道：「什麼？」

「請問，是不是有一條暗道可以通向天花板之上的？」

沙炳興並不回答，只是向沈秘書揮了揮手，道：「你先下去！」

等沈秘書走了之後，他已經漸漸恢復正常了，這才聽得他道：「這是我個人的一個秘密，不必再問了！」

他這樣說，等於是承認有暗道可以通向天花板上的了！

高翔和穆秀珍兩人互望了一眼，心中暗暗佩服。

「對不起得很，沙先生，我還是非問不可，」木蘭花十分有禮貌地繼續說著，「因為我們已可以肯定，匡副探長是在天花板之上！」

「胡說！」沙炳興立時叫了起來。

「絕不是胡說，沙先生！」

「那是不可能的，」沙炳興堅持著，「我不願意和你們討論這個問題，我請你們立刻就離開我的住宅，立即離去。」

「好的，」木蘭花平靜地說：「我們可以離去，但是我得告訴你，匡副探長是警方的高級人員，警方絕不會容忍他的失蹤的，我們會立即再來，那時將會帶著搜查令，等我們再來的時候，這件事就難以遮瞞，全市百萬市民全會知道了！」

木蘭花講完之後，站著不動。

沙炳興也沒有再叫他們走。

雙方在沉默之中，僵持不動。

足足有兩分鐘之久，才聽得沙炳興道：「你們肯定匡副探長在上面，這實在是不可能的事，這暗道幾乎只有我一個人知道！」

木蘭花道：「所謂幾乎只有你一個人知道，那是什麼意思，請你解釋一下。」

可是沙炳興卻避而不答，只是道：「既然是那樣，那麼我可以帶你們由暗道上去看一看，可是你們得負責替我保密。」

高翔道：「當然可以。」

沙炳興吸了一口氣，道：「跟我來！」

他拄著手杖，向前走去，木蘭花等三人跟在後面，他們來到了一間十分華麗的臥室之中，那無疑是沙炳興的臥室。

來到臥室之後，沙炳興拉開了一只壁櫃的門，拉開那壁櫃的門之後，沙炳興將掛在櫃中的衣服推了推，他自己則走了進去。

他在櫃中做了些什麼，木蘭花等三人並看不到，但是他們卻聽到一陣輕微的「格格」聲。

高翔乃是此道的大行家，他一聽那聲音，就知道那是數字鍵盤的轉動聲。一般來說，這種鍵盤鎖是裝在保險箱之上的，如今，在一個暗道的入口處也裝上這樣的鎖，可知道這暗道的性質是如何重要了。

然而，沙炳興的大量現鈔卻又是放在地窖中，那麼，這暗道通向天花板的夾層，是做什麼用途的，的確是十分耐人尋味了！

他們三人都這樣想，穆秀珍一張口要問，但是卻被木蘭花一揚手，阻止了下去，木蘭花只是望著高翔，像是在等待著什麼。

而高翔則自從數字鍵的轉動聲一起，便一直在側耳細聽，等到轉動停止了，他立時向木蘭花點了點頭，揚手作了一個手勢。

穆秀珍不知道他和木蘭花之間是在搗什麼鬼。

原來高翔是開保險箱的大行家，這時，沙炳興一個人進了櫃中，高翔當然看不到他在轉的是什麼數字，但是他只要聽轉動的聲音，和轉動時間的長短，便可以知道開啟那扇秘門的密碼了。

這時，櫃中也傳來了「啪」地一聲。

同時聽得沙炳興道：「三位請進來。」

木蘭花走在最前面，一進櫃，就看到沙炳興正向著一扇僅堪供人鑽進去的矮門鑽了進去，他才一鑽進去，就發出了「啊」地一聲驚呼！

木蘭花恐有什麼意外發生，連忙也跟了進去。

那扇暗門裡面，乃是一個有四平方呎左右的空間，直上直下，像是一口井一樣，就在這口「井」中，有著一道十分陡直的木梯。

在「井」中，有一盞電燈，當時是沙炳興開著的，十分明亮，可以將這個小空間中的情形，看得十分清楚，這時，首先吸引木蘭花注意的，並不是沙炳興驚訝之極的臉容，而是那道木梯。

那道木梯是通向天花板上去的，大約有十四五呎高，十四五呎的木梯豎在只有四平方呎的空間中，當然是非常陡直的。

但是引得木蘭花也發出了一下驚呼聲的，並不是那道木梯的本身，而是木梯上的積塵。那道木梯，顯然有許多時候未曾有人走過了，所以積塵十分之厚。

但是，在它的下半截，積塵卻被擦去了許多，可以看得出，有四五個清楚的腳印，但是，上半截木梯上的積塵，卻仍然十分完整。

照這樣的情形看來，的確是有人走過這道木梯的，但是，那人似乎只走到一半，便突然改變了主意，又走了下來，因為在木梯的下半截只留下的四個腳印，可以清楚的看到，其中的兩個，是走上去時留下的，而另外兩個，則是走下來時留下的。

由於沙炳興和木蘭花兩人相繼發出了一下驚呼聲，在外面的高翔和穆秀珍又不知道究竟發生了什麼事，他們齊聲問道：「怎麼了？」

「沒有什麼。」木蘭花定了定神。

她同時轉過頭去，道：「沙先生，請帶我們上去！」

沙炳興這時的臉色，極其難看，而且，像是精神恍惚，木蘭花連叫了兩聲，他才陡地一震，木蘭花便再次請他帶路。

可是沙炳興卻拒絕了木蘭花的要求，道：「我看不必了，匡副探長是不會在上面的，你看，這梯子顯然有人走過，但是其人並未曾走上去！」

木蘭花也呆了一呆，沙炳興的分析，是有道理的，但是儀器卻又指明匡副探長是在上面，這其中一定是別有蹊蹺的。

木蘭花抬頭向上望去，只見木梯的頂端，是一扇小門，那小門關著，看樣子，要打開那扇小門，也不是一件容易的事情。

如果上面沒有這扇小門的話，木蘭花可以假定上去的人，用一根一端有鉤子的繩索，拋上去鉤住了上門，拉著繩子，向上爬上去的。

雖然這樣的假定是很不合理的，為什麼那人不用樓梯，而要用繩索攀上去呢？而且，木蘭花肯定匡副探長是被人制服了弄上去的，那麼用繩索的說法，事實上也不能成立，什麼人能背著一個人，再沿繩索爬上八呎之高處？

木蘭花看了一會，才道：「沙先生，我認為匡副探長還是在上面，你應該帶我們去看看，我相信我的儀器是不會出差錯的。」

「可是……可是……」沙炳興的面色，難看到了極點，「如果他在上面，他是怎麼上去的？他怎能不在上面留下腳印？」

「當然是有原因的，但是我如今還解釋不出，任何不可解釋的事情，只要肯深入去研究，是一定可以找出原因來的！」

這時，穆秀珍也不顧一切地擠了進來，簡直已沒有地方可以再站人了。

只聽得沙炳興長嘆了一聲，道：「蘭花小姐，你不但要替我保守秘密，而且……而且……」

他猶豫了好一會，才鼓足了勇氣，毅然道：「而且在我再次向你求助的時候，請你答應，一定要幫助我！」

木蘭花答覆得十分快，她道：「如果你是真心請我幫助，我當然不會拒絕的，請你先帶我們上去，找到了匡副探長再說。」

沙炳興的手在發抖，但是他還是攀著木梯，向上走去，木蘭花跟在他的後面，在沙炳興和木蘭花上了木梯之後，高翔也鑽進來了。

這時，沙炳興已到了木梯的頂端，他取出一串鑰匙來，揀出了其中的一柄，那柄鑰匙的樣子十分奇特，他將鑰匙插進了匙孔之後，向左轉了三下，又向右轉了五下，才聽得「嗒」地一聲，那扇小門被推得向旁，「唰」地移了開去。

沙炳興向下望了一眼，木蘭花道：「你只管上去，我們三個人立時可以上來，不論有什麼變化，我想都不成問題的。」

有了木蘭花的鼓勵，沙炳興的膽子變得大了些，他向上連踏出了幾步，便到了上面，木蘭花連忙跟了上去，上面十分黑暗，木蘭花只覺得沙炳興的手，緊緊地抓住了自己的手臂。

木蘭花問道：「燈的開關在哪裡？為什麼不開燈？」

沙炳興長吁了一口氣才道：「我……我開。」

接著，便聽得「啪」地一聲，燈亮了。

燈一亮，木蘭花也立即看到了匡副探長。

沙炳興這時的樣子，簡直和死了差不多，他僵直地站著，伸手指著匡副探長，道：「你……你是怎麼上來的，你……怎麼上來的？」

可是匡副探長卻沒有回答他。

因為匡副探長的手，足，全被人縛著，而且他的口中被塞進了布帛，他的身子被直放在一個牆角處，他不但手足被縛，而且，他的面色，也是蒼白到了極點，看樣子，他像是昏厥了過去，那麼他不回答，不單是因為口中塞著東西了。

穆秀珍和高翔也上來了。

高翔驚叫了一聲，一個箭步，躍到了匡副探長的面前，先將塞在他口中的布塊拉了出來，匡副探長的眼珠轉動了一下。

然後，從他的口中，吐出了一個十分令人駭然的字來。

自他口中吐出來的那個字是：

「鬼！」

4 疑點重重

高翔陡地一呆，道：「什麼？」

「鬼！」匡效衡的聲音十分微弱，似乎這個字是他唯一能夠發出來的聲音，是以他不斷地重複著，道：「鬼……鬼……鬼……」

高翔向他連聲呼喝，也不起作用，木蘭花忙道：「高翔，別問他了，他一定是受了極度的驚恐，快扶他下去，送他到醫院，我們在醫院中見面好了。」

「是！」高翔背著匡效衡，走了下去。

木蘭花又道：「路上小心些，種種疑難的事，全要靠他來解決了，小心有人會來暗算他。」

高翔答應一聲，木蘭花這才開始打量眼前的情形，她現在腳踏的，當然是二樓的天花板了，而她眼前的空間，也是不過兩百平方呎左右。

這幢屋子十分大，屋頂之下，二樓之上的空間，至少應該有兩千平方呎左右，其餘的地方，木蘭花看不到，瓦牆阻著。

而另外有兩扇門，是分別通向左右的，那兩扇門也關著，木蘭花看了一會道：「沙先生，這兩扇門，可否開了讓我檢查一下？」

「不！」沙炳興用一種十分可怖的聲音回答著，那種聲音之可怕，可以從他身邊的穆秀珍竟整個人跳了起來這一點上，獲得證明。

「為什麼不？」

「你們要找的人已經找到了，還想怎樣？」

沙炳興的態度忽然變得這樣粗魯，木蘭花沒有什麼，但是穆秀珍卻忍不住了，她冷笑了一聲，道：「神氣什麼？剛才你還哭青著臉，要蘭花姐幫助你呢！一下子又來大呼小叫了！」

沙炳興臉上的神情，實是難以形容到了極點，他又是恐懼，又是憤恨，又是尷尬，匯集成為苦笑，道：「實在是因為……因為……唉……那地方……因為某種原因，我不願再有人看到，請你們兩位原諒，你們別再提出同樣的要求了！」

「好的，我們要找的人已找到了，多謝你！」

木蘭花忽然改變了主意，向穆秀珍使了一個眼色，已向木梯之下，走了下去，沙炳興忙叫道：「蘭花小姐，等我一等！」

由於沙炳興那一聲叫喚，簡直像是在哀叫一樣，是以穆秀珍打趣他，道：「怕什麼，有我在這裡陪你，還不是一樣麼？」

沙炳興苦笑了一下，道：「穆小姐，剛才匡副探長說什麼，他說鬼……鬼……穆小姐，你一定也聽到的了，他什麼也不說！只說一個字，鬼……」

沙炳興在講那幾句話的時候，臉是鐵青色的！

穆秀珍卻哈哈地笑了起來。

其實，穆秀珍這時，也為一切神秘的事情，怪異的氣氛，而心頭相當害怕，但是沙炳興的神態，仍令得她忍不住大笑。

在穆秀珍的大笑聲中，沙炳興急急忙忙地下了木梯。

只剩下穆秀珍一個人的時候，穆秀珍的心中，也不禁感到了一股寒意，她向那兩扇緊閉著的門望了一眼，彷彿想到有幢幢的鬼影透門而來一樣，令得她也連忙攀下了木梯，從壁櫃的那扇小門之中鑽了出去。

她出去的時候，看到沙炳興正面青唇白地坐在沙發上。

而木蘭花則站在門口，一見穆秀珍，便招手道：「秀珍，我們該走了。沙先生，希望你自己多加小心，我想你是知道我的意思的。」

沙炳興抬起頭來，嘆了一口氣。

木蘭花拉著穆秀珍，一起走了出去，她們來到樓梯口的時候，只見到沈秘書又匆匆地走了上來，一見木蘭花，就問道：「沙翁沒有什麼吧？」

「沒有什麼，」木蘭花回答，「只不過他的心情不很好，他叫你去，大概是要你召集一些人，來陪他一起過夜，可是你別緊張，今夜大致是不會有事情的。」

這時，四輛有探射燈裝置的警車已駛走了，只有一輛警方的吉普車，停在大門口，一個警員向前奔了過來，道：「兩位，是高主任叫我等你們的，接你們到醫院去。」

「好。」木蘭花向吉普車走去。

她和穆秀珍上了車，那警員開動車子，駛離了沙府，這時，夜已相當深了。

高翔將匡效衡送進了市立第一醫院，幾個著名的醫生，迅速地對匡效衡作了檢查，他們都一致認定，匡效衡是受了極度的刺激，因此神經處在極不正常的狀態之中。

雖然高翔已向醫生提及，他迫切需要在匡效衡的口中問出事情的真相來，但是醫生仍然堅持，應該先讓匡副探長好好地休息。

如果他不獲得適當的休息，那麼他的神經一直緊張下去，是會造成極其可怕的神經分裂的。而事實上，匡副探長一直在喃喃地叫著「鬼！鬼！」誰都可以看出，他是難以講出有條理的話來的，是以高翔也同意了替他注射鎮靜劑。

在接受了鎮靜劑的注射之後，匡效衡入睡了，醫生說在六個小時之內，他是不會醒來的，是以高翔在吩咐了兩個同來的警員，好好地看守著匡效衡之後，便來到了醫院的門口，他知道木蘭花就要來了，他準備等木蘭花來了之後，再好好地和她研究一下案情。

而他自己也將案中的幾個疑點，歸納了一下。

這件案子的確是奇特之極，從開始高翔以為那只不過是有人開玩笑起，發展到如今為止，這已變成一等一的奇案了。

而最出奇的有以下幾點：

（一）沙炳興的態度可疑，他顯然隱藏著極大的秘密。

（二）制服匡效衡的人，何以能夠將匡效衡送上了天花板上的密室之中？因為那地方十分秘密，連沙炳興也以為那是不可能的。

（三）何以通向密室的木梯只有半截有腳印？

（四）冒名「旋風」的人是誰？他的目的，只是在錢麼？

（五）何以「旋風」在得手之後能安然離去？

這五個大疑問，都是高翔自己百思不得其解的。他知道這件奇案，如今可以說還只是在開始的階段，以後一定還會有更不可思議的事情發生，自己的責任，似乎是如何去防止怪事進一步的發展，這的確是要和木蘭花好好研究的事。

高翔佇立在醫院的門口，不知不覺間，已過了將近四十分鐘了，當他覺得木蘭花應該來到，而抬起手腕來看了看手錶的時候，他吃了一驚。

他到醫院，已有一小時多了！

而木蘭花是叫他先走一步，隨後就到的，何以會過了一小時還未見來到？自己曾派了一個警員和一輛車子在門口接木蘭花的，難道會有什麼意外？

高翔的心中開始焦急起來，一小時不是一個短時間，木蘭花和穆秀珍一定急於從匡副探長的口中知道事情的經過，沒有理由耽擱時間的。

而且，她們也明知自己在醫院中等她們，就算她們有什麼事情絆住了，也應該打一個電話來醫院通知自己的，不應該讓自己等下去。

可是，為何她們卻音訊全無呢？

高翔真想立即駕車再到沙宅去看個究竟，可是他卻又怕在路上錯過了和木蘭花相遇的機會，他只得再耐著性子等下去。

然而此際，他不再是佇立不動，而是不斷地在踱來踱去，約莫過了五分鐘，他看到一輛警方的吉普車，向著醫院直駛了過來。

高翔一見，大大地鬆一口氣，心想自己不免太心急了，木蘭花不是來了麼？

他連忙迎上去，吉普車的車頭燈一照到高翔，車子便立時停了下來。

高翔忙叫道：「蘭花！」

隨著他的叫喚，一個人從車上跳下，向高翔奔了過來，那卻不是木蘭花，而是一個警官。

那警官有點上氣不接下氣，見了高翔，行了一個敬禮之後，立即道：「高主任，一三四五七號警員，可是你派他有任務執行的麼？他是司機。」

高翔呆了一呆，他派在沙宅門口等候木蘭花的那個警員是什麼號碼，他自然不記得了，他忙道：「我派了一個警員，在沙宅門口接木蘭花姐妹來這裡的。」

「那一定錯不了。」

「什麼錯不了，你講話應該有條理些。」

那警官還十分年輕，高翔一斥責他，連臉都漲紅了，忙道：「是！是！我記得高主任曾派一輛車子在沙宅門口，準備接木小姐，這輛車子是由警員陳洪光駕駛的，這輛車子，十分鐘之前，被人發現棄置在一個十分冷僻的空地中！」

高翔幾乎直跳了起來，道：「什麼？」

「車子被棄置在一個空地上，」那年輕警官重複著，「警員陳洪光顯然是受了極度的驚嚇，他不住地叫著：『鬼！鬼！』當時他是手足被綁，放在車中的。」

「那麼，木蘭花姐妹呢？」

「沒有發現她們的蹤跡。」

「那警員在什麼地方？」

「我已將他送到就近的醫院去了。」

高翔知道自己的擔心並不是多餘的，木蘭花和穆秀珍兩人，真的是遭到意外了，他忙道：「快，你帶我去見那警員！」

「是！」那警官答應著。

兩人一起向吉普車奔去，一跳上車子，那警官立時開動了車子，以極高的速度向前駛去，幸而這時已是深夜，要不然車子駛得那麼快，非撞在別的車子上不可！

車子幾乎是衝進那間醫院的，在醫院的面前，「吱」地一聲響，停了下來，高翔身子一橫，便跳出了車子，那警官也從車側跳了出來。

那警官帶著高翔，直來到了警員陳洪光的病房門前，可是他們兩人還未曾進去，就被一位護士攔住了，護士道：「對不起，病人需要休息。」

「我們有要緊的事要問他。」高翔忙道。

「抱歉得很，」護士搖著頭，「事實上，他根本不能回答任何人的問話，他因為受了極度驚恐，注射了強力的鎮定劑才睡去，在六小時之內，他是不會醒來的！」

高翔呆了一呆，那情形，和匡效衡是完全一樣的！

他轉頭向那警官望去，那警官做了一個無可奈何的手勢，道：「他的確是受了極大的刺激，他除了叫鬼、鬼之外，什麼也不說。」

高翔伸手在那警官的肩上拍了拍，道：「你一發現了他，不但立時將他送進醫院，而且還記得我曾經派他任務，這很不容易！」

那警官興奮地道：「謝謝你。」

「現在，你就守在這裡，他一醒來，你就設法通知我，我不是在辦公室，就是在第一醫院，如果我在別的地方，我會先打電話來通知你的。」

「是！」那警官立正，敬禮。

高翔轉身，走出了醫院。

這時，他的心中，實在是亂到了極點！

剛才，他歸納而成的五點疑問，已足夠使他傷腦筋的了，可是這時，疑問又增加了兩個：木蘭花和穆秀珍兩人上哪兒去了？還有，為什麼陳洪光和匡效衡兩人都是手足被綁，而且，他們也都是受了極度的驚嚇，除了一個「鬼」字之外，什麼都說不出來？

難道他們是真的遇到「鬼」了？

這實在是太可笑了，當然不會的。

然則，這個問題又如何解釋呢？

高翔走出醫院，上了那輛吉普車，決定先到木蘭花的住所去看一看，他駕著車子，向郊外疾駛了出去。

到了木蘭花住所的門口，他只不過向那幢精緻的小洋房望了一眼，心便涼了半截，因為那幢房子烏燈黑火，她們兩人顯然不在家中！

高翔又用力按了幾下喇叭。如果木蘭花姐妹在家，一定會出來查個究竟的，但是，屋子中卻一點動靜也沒有，高翔拿起車中的無線電話，打了一個電話給警局。

他在電話中詢問警局方面有沒有接到木蘭花和穆秀珍兩人的消息，他希望兩人會在警局中留下去處，以備他去查詢的。

但是，高翔又失望了！

當然，要明白木蘭花是到什麼地方去了，最好是問警員陳洪光，可是陳洪光卻又偏偏在強烈的鎮靜劑下，昏睡不醒！

要等他醒來，需要六個小時，高翔卻等不了那麼久，因為他已經想到，木蘭花的失蹤，是突如其來的，而如今時間已過去了將近兩小時，可能木蘭花姐妹的處境正大是不妙！

但是，有什麼辦法可以找到她們呢？可以說一點線索也沒有！

高翔坐在警車上，雙手緊緊地抓自己的頭髮！他的十指是抓得如此之緊，照理，他的頭皮應該感到十分疼痛的，但這時由於心中極度的焦急，他竟木然沒有感覺！

木蘭花和穆秀珍兩人，究竟到哪裡去了呢？

木蘭花和穆秀珍坐在吉普車的後面，那名警員坐在前面，車子迅速地向前駛了出去，不一會，就一連轉了好幾個彎。

穆秀珍並未覺得有什麼不妥，但是木蘭花一直在注意著車子外面的街道，這時，她突然道：「喂，你可是新來到本市的麼？」

那警員並不出聲，他猛地一轉方向盤，車子突然轉進了一條十分斜側的道路，穆秀珍也覺得有點不妙了，她陡地站起身來，要去拉那警員的後領。

但是就在此際，車子突然停了，道路兩旁，突然有四條黑影竄了出來，那四條黑影的身子，十分矯捷，而且他們手中也都持著槍械。

在黑暗中，那四個人看來只是漆黑的一團，什麼也看不清，顯然他們穿著連頭至腳的黑衣服。

穆秀珍陡地一呆，可是，那警員轉過頭向她望來之際，穆秀珍更是猛地縮了一縮，原來那「警員」手中已握了一柄槍，槍口正對準了她！

穆秀珍的身子縮了回來，木蘭花立時按住了她的手背，示意她鎮定。木蘭花仍然和沒有什麼事發生一樣，笑道：「你喬裝的本領很不錯啊！」

那「警員」不好意思地笑了笑，道：「我們萬不得已的，在你們兩位女俠面前，當然是班門弄斧的了，我們只是想和兩位談談。」

「這樣的方法來邀請我們，不算是友善的談判吧！」

「請你原諒，並且請你們相信，我們對兩位，至少在目前，是絕無惡意的。」那「警員」說話十分溫文，顯示他受過高深的教育。

木蘭花吐了一口氣，道：「好啊，我們在什麼地方談判呢？還有幾位，可要上車來麼？還是喜歡在路邊監視著我們？」

那警員一抬手，那四個人一起向前跳了過來，各伸一手抓住車身，另一手中的手槍，仍然對準了車中的木蘭花姐妹。

吉普車子向前疾馳而出。

吉普車駛得十分之快，而且連連轉彎，車子在急轉彎的時候，掛在車旁的四個人，身形卻仍然十分穩定，顯示出他們四人都有極高的中國武術造詣。

木蘭花這時，也看出了在前面座位上開車的那個假扮「警員」，是這五個人中的首領，木蘭花幾乎已可以肯定他就是那個署名「旋風」的人了。

這時，穆秀珍的心中十分焦躁，但是木蘭花卻十分高興，她是真的高興，因為對方如果是「旋風」的話，那麼，她就可以更快地明白事實的真相了。

至於她這時被幾個人用槍指住，卻沒放在木蘭花的心上，因為這樣的場面，她實在經歷得太多了，可以說是家常便飯！

車子駛出近二十分鐘，又停了下來，木蘭花姐妹被指押著下了車，又上了另一輛卡車，仍然由那個「警員」駕車，再度駛去。

這一次，駛出的時間更長，足足有半小時之久，才停下來，這時車已到了郊外，車停下來之後，那「警員」下了車，來到了木蘭花的面前。

這時，他已換了服裝，他穿的是一套深棕色的西服，西服裡面，則是一件運動衫，看來十分瀟灑。

他站在車邊，搓了搓手，道：「蘭花小姐，請你下來，我們一面走，一面談談，好麼？至於令妹，則請她留在車上。」

木蘭花笑道：「好的，這樣的談判，倒是別開生面！」

她一面說，一面已側身跳了下來。

那「警員」並不說什麼，只是緩緩地向前走去，看來他對木蘭花一點也不戒備，這也不禁使木蘭花覺得十分奇怪。

她暫時也不說什麼，只是跟在他的後面。

不一會，他們便已來到一株大樹的下面，兩人相距得十分近，停了下來。這時如果有什麼人從他們的身邊經過，一定當那是在談戀愛的情侶了。

那「警員」停下來之後，又沉默了片刻，才道：「我想，我是什麼人，蘭花小姐，你一定已經知道了，是不是？」

「可以這樣說，也可以不這樣說。」

那「警員」呆了呆。

木蘭花立時道：「我知道你是旋風，可是『旋風』兩個字，只不過是一個名稱，對於瞭解你這個人，是沒有實際意義的。」

「唉，」那「警員」嘆了一口氣，「蘭花小姐，你的思路真是縝密，使人佩服，那麼，我想你一定也已看出，沙炳興不是什麼好人了？」

「沙炳興是不是好人，我無權裁判，但是我願意告訴你，沙炳興的確是對我，對警方隱瞞了許多事沒有說。旋風先生，你用這種方法，將我帶到這裡來，就是為了和我討論沙炳興這個人是好還是壞麼？」木蘭花冷峻地反問著「旋風」。

「旋風」忙道：「當然不是。」

「那麼，你可以開門見山了。」

「蘭花小姐，」「旋風」又猶豫了一下，「我想請求你，別在我們和沙炳興之間干擾我們，和幫助沙炳興，我請求你。」

他的語氣聽來十分誠懇，但看來木蘭花並未為他所動，木蘭花的聲音仍然是冰冷的，她道：「我是從來不在任何人的威脅之下，答應任何事情的。」

「蘭花小姐，你別誤會，我是請求你。」

「笑話，我們是自願來的麼？你那四個夥伴手中所拿的是什麼？」木蘭花又向他指了一指，「你手中也曾經握過手槍！」

「那是不得已的措施。」

「那麼，我們只好在下一次，在另一種情形下再見面談判了，旋風先生，你認為怎樣？我這樣說，是不是公平，嗯？」

「旋風」又搓了搓手，來回踱了幾步。

然後，才聽得他道：「蘭花小姐，我想是公平的，明天我將到府上拜訪你，但是有一句話，我卻是不能不講的，那便是沙炳興是一個老混蛋！」

「我明天會在家中等你！」木蘭花只是冷冷地回答。

那位「旋風」先生苦笑了一下，往回走去，木蘭花仍跟在後面，來到了那輛卡車旁邊，只聽得穆秀珍正在破口大罵。

木蘭花叫道：「秀珍，別吵了，我們走。」

「旋風」也叫道：「請讓她下來。」

穆秀珍早已一躍而下，奔到了木蘭花的身邊，指著「旋風」道：「蘭花姐，這傢伙對你放了些什麼屁，哼，車上的四個傢伙，簡直就是死人，要不就是啞子！」

木蘭花拉了她一下，道：「我們走！」

她們以十分快的腳步向前走去，不一會，便轉了好幾個彎，那輛卡車已看不見了，她們才放慢了腳步，在前行了二十分鐘之後，她們才攔到一輛肯搭載她們的車子，到了市區。

一到市區，她們便尋找高翔，終於由警局方面，得知高翔是在她們家門前。

等到木蘭花和穆秀珍兩人突然出現在高翔的眼前之際，正在一籌莫展，呆坐在車上的高翔，簡直以為自己在做夢！

可是，他在揉眼睛間，穆秀珍已經叫道：「哈，你是在做夢麼？為什麼看到了我們，還要揉眼睛？不信是我們回來了麼？」

「蘭花！秀珍！」高翔叫了起來，「你們上哪裡去了？」

「進來，進來再說。」木蘭花已打開了鐵門，走了進去，高翔連忙跟在後面，進了屋子，木蘭花才將事情經過講了一遍。

「可是為什麼陳警員會以為是鬼呢？」

木蘭花道：「他一定是先打昏了陳警員的。」

木蘭花有點不明白，高翔便將有關陳洪光的一切，向她講了一遍。

木蘭花笑道：「那麼，等到明天『旋風』來了之後，這一切疑點都可以解決，我看這件奇事，急轉直下，明天已是最後的一天了，高翔，你還是回去休息休息吧。」

高翔的確覺得也有點疲倦了，他不由自主地打了一個呵欠，可是他仍然問道：「蘭花，照你看來，事情的性質究竟怎樣？」

「我想，」木蘭花站了起來，「那個自稱『旋風』的年輕人的上代，和沙炳興之間，一定有一段糾葛，事實上，沙炳興一定是一看到那張箋帖上的『旋風』兩個字，便知道要來找他麻煩的是什麼人，所以他才肯定會有嚴重的事情發生的。」

高翔和穆秀珍兩人，都表示同意。

木蘭花伸了一個懶腰，道：「今天晚上，我們不必傷什麼腦筋了，我們只要在家中，等明天『旋風』來說明一切好了。」

高翔道：「好的，那麼陳洪光和匡效衡如果醒了，我是不是要帶他們到這裡來見你呢？在他們口中至少可以問出些問題來的。」

「好，明早九時，你帶他們來好了。」

高翔十分輕鬆地走了出去。

第二天，是一個極熱的天氣，雖然只是早上八九點鐘，但是太陽已然十分炎熱了，木蘭花仍然躺在花園的遮陽傘下看書。

穆秀珍則不斷翹首望著馬路，一面在嘰嘰咕咕，說高翔不守時間，但事實上，這時只不過八時五十分而已。

她又等了一會，終於看到一輛警方的車子駛過來了。

「蘭花姐，高翔來了！」穆秀珍轉頭叫著。

「看你，安靜點好不好。」

「你不知道，蘭花姐，我昨天晚上想了一夜，都想不明白為什麼他們兩人會那麼害怕，醒來之後什麼也不說，只是講一個鬼字！」穆秀珍講到了這裡，不好意思地笑了笑，道：「可是我卻想不出道理來，你說我怎能不心急？」

「那還不容易麼？當然是有人扮了鬼來嚇他們的！」

「蘭花姐，就算有人扮鬼，人扮的鬼，至多嚇嚇小孩子而已，就算能夠嚇倒陳洪光，匡效衡卻是一個極有經驗的探長！」

「那麼，」木蘭花笑了笑，說：「你以為怎樣呢？」

「蘭花姐，你別罵我，我就說。」

「好，我不罵你，可是你別說，我也知道了，你一定以為那是真的鬼，是不是？」木蘭花講到這裡，已站了起來。

原來車子已停了，高翔帶著匡效衡和陳洪光兩人走了過來，穆秀珍連忙奔了過去，將鐵門打了開來，叫道：「匡副探長！」

匡效衡的面色，仍然十分青白，他的精神顯然還不是十分穩定，至於陳洪光，更是左顧右盼，顯得十分害怕，而面色也十分青白。

5 雲氏兄弟

木蘭花已在招呼著他們，道：「兩位請坐，我想你們沒有害怕的必要，因為事情已十分明朗，就快解決了。」

可是匡效衡卻並沒有因為木蘭花的勸解而感到放心，他在坐下來之後，嘆了一口氣，道：「高主任，兩位小姐，你們別笑我。」

「怎麼樣？」穆秀珍立時緊張地問。

「唉，」匡效衡又嘆了一口氣，說：「那真的是鬼！」

穆秀珍聽了，如獲至寶地在匡副探長的肩頭之上猛地拍了一下，道：「對了，副探長，你講的和我所想的是一樣的！」

木蘭花連忙瞪了秀珍一眼道：「別多廢話。」

穆秀珍嘟著嘴道：「真是鬼嘛！」

木蘭花道：「你見過了？」

「我沒有見過，可是有人見過呀。」

木蘭花不再理會穆秀珍，她只是皺著雙眉，道：「匡副探長，請你將你被人制服的情形，詳細地向我說一遍，不要漏了任何細節。」

「好的，我……」匡效衡的聲音在發著抖，「我可以要一杯酒麼？唉，即使是想起來，我仍然需要酒來鎮定我的心神。」

木蘭花轉頭向穆秀珍望了一眼，穆秀珍連忙奔了進去，拿著一瓶白蘭地奔了出來，匡效衡就著瓶，喝了一大口，才道：

「我正在沙宅到處走著，我記得那時正是六時三刻左右，我記得我來到了一個樓梯的下面，那地方有一扇半開著的門。

「看那情形，這扇門之中，是利用樓梯下的空間，來放置一些雜物的，我看到門開著，我下意識地推了推，想將門推上。

「可是，我一推之下，門非但未曾關上，反倒彈了開來！我突然一呆，那鬼……那……那東西便從裡面……飄出來了。」

木蘭花揚了揚手道：「你說什麼？飄出來？」

「是的，所以我才說那……真是鬼。」

「好，請你說下去，」

「當時我就呆了，那……玩意是直飄出來的，他的雙足離地兩三呎……他的衣服十分長，遮住雙足！我實在看不到他的腳，他的臉色，咳，那……那簡直是一張石灰製成的臉，可是這張可怖的臉，卻還向我笑了笑！我陡地後退一步，這時候，我雖然吃驚之極，但是我還來得及和高主任通話。」

高翔嘆道：「我一聽到你的聲音，就知道你一定看到了極恐怖的東西，可是我也想不到你看到的，竟然會是鬼！」

匡效衡繼續道：「我的話講了一半，那……鬼便向我飄了過來，他向我笑了一笑，那時……他離我極近，在他笑的時候，他的口是鮮紅色的，而且自他的身上散發出一股令人作嘔的腐臭氣息來，而我在那一剎間……便全身一點力道也沒有了！那玩意在我的身邊飄了幾轉，每次來到我面前的時候，都向我笑一下，我已幾乎昏過去了，自然一點抵抗能力也沒有了！」

匡效衡呼吸了一口氣，才又道：「這時，我只覺得我的手被縛住了，口中也被塞了東西，然後，我被那鬼抱著，也飄了起來。」

「飄了起來！」穆秀珍尖叫著。

「是的，穆小姐，」匡效衡不禁嘆了一口氣，「的確是飄了起來，他帶著我，飄上了二樓，進了一個暗道，繼續向上飄著。」

匡效衡喘了幾口氣，他的臉色實在蒼白得可怕，他的聲音也在發抖：「我也迷迷糊糊了，我……太吃驚了……」

木蘭花不等他再說下去，便安慰他道：「我瞭解你，匡副探長，任何人在這樣的情形下，都不免驚恐過度，而早半昏迷狀況的。」

「蘭花姐，那麼你說是真有——」

穆秀珍下面一個「鬼」字還未曾出口，木蘭花便已揚起手來，在她的頭上輕輕地敲了一下，嚇得穆秀珍立時住了口，不敢再說下去。

高翔看向陳洪光，道：「陳警員，你的遭遇又怎樣？」

陳洪光苦笑著，他的面色不會比匡副探長好看些，他道：「我坐在車上，等候兩位小姐，卻不料突然有人，在我身後，抓住了我的衣領——」

陳洪光講到這裡，身子猛地震了一震。

「說下去！」木蘭花鼓勵著他。

「我……我自然大吃一驚，連忙想轉過頭去看看，可是我的頭頸……僵了，我不能轉過頭去，我……想叫，可是又叫不出來，我聞到了一股難聞之極的腐屍臭味，然後，我的身子就被提起，雙足懸空，飄了開去……我看到提起我的人也是會飛的，我……昏了過去！」

陳洪光講到這裡，不好意思地苦笑了一下，道：「我的膽子太小了，要不然，我或者可以……可以多記憶一些當時的情形的。」

木蘭花笑道：「陳警員，我可以向你保證，你遇到的一定是人，而絕不是鬼，因為在你走後，有人冒充你，將我和秀珍騙到了郊外！」

「人……會飛麼？」陳洪光遲疑地問。

「關於這一點，目前我不能給你詳細和滿意的解釋，但是我想在今天之後，一定可以有圓滿的答案了。」木蘭花站了起來，向高翔望了一眼。

高翔立時知道了木蘭花的意思，他伸手在匡效衡和陳洪光的肩頭上拍了拍，道：「你們可以回去了，好好地休息，我會告訴方局長，我批准你們每人有三天的假期！」

匡效衡和陳洪光兩人走了。

木蘭花望著他們兩人登車而去，才又在躺椅上躺了下來。

穆秀珍見木蘭花像是不準備採取什麼行動，急道：「蘭花姐，我們怎麼辦啊？」

「什麼怎麼辦？」木蘭花反問。

「那個鬼啊，我們不去捉他？」

「你不怕鬼了麼？秀珍？」木蘭花打趣地望著她道。

穆秀珍鼓著腮幫子生氣，木蘭花笑了起來，道：「好了，我們現在實在不必採取任何行動，我們只要等著就行了。」

「等著？」穆秀珍和高翔兩人齊聲問。

「是的，我們等那位『旋風先生』前來，只要他一來，一切都可以明朗化了，他和沙炳興之間的糾葛，沙炳興的秘密，他是如何扮鬼的，一切全都可以真相大白了！」木蘭花滿有信心地說著：「我們實在沒有必要採取任何行動的。」

「他什麼時候來？」高翔問。

「今天，並沒有約定什麼時間。」

穆秀珍無可奈何地嘆了一口氣，道：「那我們只好等他一天了，蘭花姐，你說他一來，一切疑團都可以解決了麼？」

木蘭花點了點頭，不再說什麼。

穆秀珍則很不安靜，裡裡外外地奔著，高翔在客廳中用電話和警局聯絡，就在電話之中，指示著日常要處理的事務。

時間一點一點地過去，並沒有人來。

下午了，仍沒有人來。

黃昏了，天黑了，夜深了，仍沒有人來。

一直沒有人來！

時間已是凌晨兩時了，高翔和穆秀珍兩人都顯得相當疲倦，因為他們已焦切地等待了將近二十個小時，未曾好好地休息過！

他們三個人，早已從花園中來到了客廳，木蘭花在過了午夜十二時之後，一直坐在一張安樂椅上，連一動也未曾動過。

到了這時候，穆秀珍實在忍不住了，她直來到木蘭花的面前，道：「蘭花姐，現在我們怎麼辦？你等的人沒有來，我們怎麼辦？」

木蘭花不出聲，連瞧也不向穆秀珍瞧一眼。

穆秀珍還想講什麼，但是高翔卻將她拉了開來，道：「秀珍，你別去打擾她，她正在思索著對策，她一定會有辦法的！」

高翔是在對穆秀珍說話的，但是木蘭花卻已抬起頭來，苦笑道：「高翔，你將我估計得太高了，我想，我已沒有什麼辦法了。」

「那怎麼會？或者那自稱『旋風』的人，有什麼事情耽擱了，所以他才未能來見你的，」高翔辯解著，「或者他今天會來的。」

「如果說他有什麼事情耽擱了，那一定是非同小可的事，」木蘭花雙手放在沙發的扶手上，「事情一定已發生了我們意料之外的變化！」

高翔和穆秀珍兩人都不出聲。老實說，他們在等了將近三十個小時而仍然沒有結果之後，實在是十分失望的了。

木蘭花雙手一按，站了起來，她來回走了幾步，忽然道：「你們在這裡等我，我出去查看一下，看我的假定，是不是和事實相符。」

木蘭花準備有所行動，穆秀珍首先興奮起來，道：「蘭花姐，你上哪裡去？我和你一起去，我一定要一起去！」

穆秀珍在「一定要一起去」這句話上，加強了語氣。

可是她不論用什麼樣的語氣講話，都不能改變木蘭花的決定，木蘭花冷冷地道：「你在家中繼續地等著，我和高翔一起去！」

「不公平！」穆秀珍大聲叫了起來。

「秀珍，這件事，比我們想像中可能要嚴重得多！你別以為好玩，如果我的假定不正確，那麼，昨天和我們打過交道的那個年輕人，還是會來找我們的，你在家中等他，就可以最先知道一切秘密，這不是正合你心意的事情？」

「如果他不來呢？」穆秀珍委屈地問。

「那你也沒損失，在家中休息一下不好麼？」

穆秀珍重重地在沙發上坐了下來，翻著眼，不再說話，木蘭花奔上了樓，換了一件緊身黑衣，帶了一些必要的用品，又下了樓。

穆秀珍一直翻著眼，不出聲。

高翔打圓場道：「蘭花，我們至少要告訴秀珍，我們是到什麼地方去！」

「我連自己也不知道要到什麼地方去！」

木蘭花的回答，是極其冷淡的，她說著，已向外走了出去，高翔無法可施，只好向穆秀珍作了一個無可奈何的手勢。

穆秀珍連他也恨上了，轉過頭去不理會他。

等到她聽到他們兩人關上了門的聲音之際，穆秀珍氣得抓起了几上的一只煙灰碟來，重重地摔在地上，道：「我偏不等！」

她站起身來，「蹬蹬蹬」地向樓上走去。

這時，屋子中已只有她一個人了，但是她因為心中生氣，所以不但在走樓梯的時候腳步特別重，在關門的時候，更是用力得將牆上掛著的一張照片也震了下來！

穆秀珍氣惱地倒在床上，雙手交叉著，枕在腦後，睜大了眼，望著天花板，本來她已經十分疲倦了，可是這時，她倒反而一點睡意也沒有了。

她就這樣眼睜睜地望著天花板，足有十分鐘之久，仍然想不出有什麼辦法可以使她去活動一下，她既想不出辦法來，就只好洩氣地長嘆了一聲。

就在她發出長嘆聲之際，床頭的電話響了起來。

穆秀珍轉過頭去，看了看電話旁邊的小鐘，時間是兩時二十七分。

什麼人會在這種時候打電話來呢？是不是木蘭花回心轉意，又叫自己去參加行動了呢？

穆秀珍陡地跳了起來，一手抓起了聽筒，道：「喂，找什麼人？你是誰？」

對方的聲音卻十分低沉，是男性的聲音。

一聽得是男性的聲音，穆秀珍心中的高興便跑掉了一大半。但是，長夜漫漫，她正寂寞得難過，有人在電話中聊聊天也是好的，是以她便坐了下來，用心聽著。

她才聽了幾句，卻又興奮得坐不住，站了起來，在房間中不斷地走動！

當然，她在走動之際，是仍然在聽著電話的。

那個相當低沉的男人聲音道：「你是木蘭花小姐麼？對不起得很，我們沒有依時前來拜訪你，因為我們遭到了一點意外——」

穆秀珍並沒有否認她不是木蘭花，只是「唔唔」地答應著。

那聲音繼續道：「這一個意外，使我們受到了極大的打擊，當然，我們還不致於就此倒下去，但我們已抽不出空來拜訪你了。」

穆秀珍仍然「唔唔」地應著。

「所以，」對方繼續說著，「不知道木蘭花小姐是不是可以到我們這裡來？因為我們實在希望和木蘭花小姐，在友好的情形下見一見面。」

「當然可以！」穆秀珍唯恐失卻了機會，連忙回答。

她還想問對方是什麼所在，但是她未曾開口，電話中那聲音便已道：「木小姐，請你到芬芳戲院的門口去，我們會有人接你的，再見！」

那邊放下了電話，穆秀珍也放下了電話，她忍不住高叫了一聲，直跳了起來，她連燈也不熄，向門口直奔過去，衝出了屋子！

實在沒有什麼事情更令得她高興的了，而且，這時她衝出屋子，可以根本不必怕事後被木蘭花責罵，因為她是去見那個年輕人的！

而木蘭花要她等在家中，正是等那個年輕人，這不是一而二，二而一的事麼？

穆秀珍直奔向她當選「汽車小姐」而贏得的那輛「雷鳥」跑車，午夜的公路上，可以說根本沒有什麼車子，她將跑車駛得極快，不消五分鐘，便已進了市區。

而當她駕著車，來到了芬芳戲院門口的時候，她立即看到一個穿著整齊西服的年輕人，從街角處轉了出來，直趨她的汽車之前。

那年輕人的容貌和自稱「旋風」的那個很相似，但是年齡卻輕得多，看來不到二十歲。

他來到了汽車之前，穆秀珍道：「喂，就是你麼？」

那年輕人一怔，道：「木蘭花小姐呢？」

穆秀珍沒好氣地道：「她沒有空，是她派我來的，你是什麼人？昨日晚上曾和我們見面的那個人呢，他在什麼地方？」

那年輕人呆了一呆，道：「那是我大哥。」

「噢。」穆秀珍很有興趣地望著那年輕人。

那年輕人想來從來也未曾被一個美麗的異性這樣直率地逼視過，是以他迅速地臉紅起來，為了掩飾他的尷尬，他必須找點話來講，所以他道：「我們一共是五兄弟。」

穆秀珍道：「是了，那天晚上，你一定是那四個蒙面持槍漢子之一，是不是？剛才向我打電話的是什麼人，是你們的大哥麼？」

那年輕人搖頭道：「不是，那是我二哥。」

穆秀珍打開了車門，道：「上來吧，帶我去見你的四位哥哥！」

那年輕人遲疑了一下，道：「由我來駕車，而且，穆小姐，你要帶上……這個。」他自衣袋中取出了一個眼罩來。

穆秀珍又是好氣，又是好笑，她陡地伸過了頭去，她的嘴唇幾乎碰到了那年輕人的臉頰，道：「小兄弟，你聽著，由我來開車，你來指路，這個眼罩，如果你喜歡戴，那你就戴上好了，如果你想我戴，那是休想，聽到了沒有，上車！」

那年輕人更窘了，他還想講些什麼，可是穆秀珍一伸手，便已將他拉上車來，道：「好了，我們到什麼地方去？」

那年輕人顯然知道是鬥不過穆秀珍的了，是以無可奈何地嘆了一口氣，道：「到麥席生路，四十二號，他們全在那裡。」

「這樣才痛快哩，小兄弟，你年紀還輕，要記得，和人打交道，越是痛快，越能交上朋友，知道了麼？」她一面發動車子，一面居然老氣橫秋地教訓起人來。

其實，她口口聲聲叫那年輕人為「小兄弟」，而她的年紀，也絕不會比那年輕人大多少的。

她心中得意，一面駕著車，一面哼著歌，忽然她又問道：「是啊，你們五兄弟，姓什麼？你叫什麼名字？要不然我可沒有法子稱呼你們了。」

「我……我們姓雲，天上雲彩的雲。」

「嗯，這個姓很冷門。」穆秀珍隨口應著。

「我叫……我叫雲五風。」

穆秀珍轉過頭來，向那年輕人望著，由於她不望著前面，又將車子開得極快，因之車子一側，幾乎向牆上直闖了過去。

幸而雲五風見情形不好，連忙一腳踏向煞車，將車子停住，而穆秀珍卻仍然目不轉睛地在望著雲五風，道：「怪啊，你的名字，我好像很熟！」

雲五風的面色很紅，他有點自負地道：「我是亞洲第一屆長途海泳的冠軍，穆小姐，你是游泳的能手，自然……會聽過我的名字了！」

穆秀珍恍然大悟，道：「對了，你就是被人家稱為『人魚』的游泳健將雲五風，怪不得你的名字那麼熟，怎麼，除了游泳，你們還幹盜賊的勾當？」

「穆小姐，千萬別取笑。」雲五風連忙否認。

「我可沒冤枉你們，」穆秀珍向來是口沒遮攔的，這時更是滔滔不絕地講了下去，「你們不是偷了沙炳興的很多錢麼？」

雲五風沒有出聲。

「而且，」穆秀珍更進一步道：「你們還很善於裝神弄鬼，是不是？唔，告訴我，你們是用什麼法子來扮鬼扮得那麼像的？」

雲五風的神色，顯得又是氣惱，又是尷尬。他漲紅了臉，一句話也講不出來。

穆秀珍「哼」地一聲道：「男子漢大丈夫，像大姑娘一樣！」

雲五風除了苦笑之外，一句話也講不出來！因為穆秀珍的詞鋒如此犀利，他還有什麼還口的可能？他只好轉過頭去，幸而這時候，車子已經駛到了麥席生路了。

車子在四十二號前停了下來，麥席生路四十二號，是一幢十分古老的房子，在門口兩旁，甚至還有著兩條大石柱。

那兩條石柱，本來可能是澄白色的，但這時，由於年代太遠，在附近街燈的照射下，看來卻已然變成深灰色了。

穆秀珍才一停車，雲五風便跳出來，穆秀珍也下了車，兩人一起上了石階，來到大門之前。

雲五風並不去按鈴，只是拿出鑰匙來，打開了門，門內一片漆黑，他先走了進去，穆秀珍才聽得他的聲音道：「請進來，小心些。」

穆秀珍一步跨了進去。

她才跨進一步，門便關上了，眼前更是一片漆黑，緊接著，便是「啪」地一聲響，雲五風亮著了電燈，穆秀珍一看，不禁呆了！

她是在一架升降機之中！

她記得跨進大門只不過一步，這所屋子一進大門就是升降機，大門原來是升降機的門，這種設計，實在是匪夷所思的。

雲五風當然也看出了穆秀珍而上的驚訝，他解釋道：「大門有兩扇，右邊的那扇，一打開就是升降機，左邊的那扇，則是正常的。」

穆秀珍由於突然吃了一驚，沒好氣地道：「賊巢之中，總有點古怪的，也算不了什麼，我們現在，是向上還是向下啊！」

雲五風的臉又紅了紅，但是他卻並沒有爭辯，只是按了一個按鈕，升降機向下落去，但是幾乎立即停住，門又打了開來。

他們走出升降機，外面是一個廳堂，廳堂的陳設全是舊式的酸枝木，顯得古色古香，當然和那具升降機十分不調和。

他們才跨出升降機，便有一個人，自一扇邊門中走出來，雲五風忙迎了上去，道：「四哥，穆秀珍小姐已來了！」

那迎出來的人呆了一呆，道：「木蘭花呢？」

穆秀珍不等雲五風回答，便大搖大擺地走了上去，道：「不用等木蘭花了，她沒有空，有什麼話和我說，全是一樣的。」

那人顯然又考慮了一會，才道：「請進來。」

穆秀珍跟著他們兩人走了進去，一進房門，穆秀珍便吃了一驚，那是一間臥室，另有兩個人坐著，和一個躺在床上。

令得穆秀珍吃驚的，是那個躺在床上的人，正是她曾經見過的人，穆秀珍也知道，他是雲家五兄弟中的大哥雲一風。

這時雲一風的面色，蒼白得極其可怕，而他的胸口卻紮著繃帶，在雪白的繃帶上，隱隱有血漬滲出來，他的傷勢一定十分嚴重，這是從房間裡不尋常的氣氛中可以感覺得出來的。

穆秀珍呆了一呆，道：「這人受傷了，可有醫生來看過他？」

她一出現，躺在床上的雲一風動了一動，看他的樣子，像是想坐起身來，但是他卻只是動了一動，用十分低的聲音道：「穆小姐，告訴木蘭花別……到沙炳興的家中去。」

穆秀珍一呆，道：「誰說她去了？」

「我想，昨天她等不到我……她一定會到沙炳興家中去的，告訴她別去……她如果去了……那是極其危險的。」

穆秀珍呆立著，一時間不知怎樣回答他才好。

她自然是沒有法子轉告木蘭花的，因為木蘭花和高翔兩人已不知到什麼地方去了，他們可能是早已到沙炳興的家中去了。

當然也可能根本不是，穆秀珍呆了半晌之後，道：「你們打電話叫我來，就是為了講這句話麼？這樣的一句話不能在電話中說？」

雲一風揮了揮手，坐在床邊的另一人道：「穆小姐，我們本來是想見木蘭花的，如今她既然不來，那表示她十分看不起我們，而我們的大哥仍然對你們提出了這樣的忠告，你們別將這忠告當作耳邊風，如今，你可以回去了！」

穆秀珍一聽，不禁勃然大怒道：「放屁，你們這是什麼意思？木蘭花不來，當然有她的道理，你們將我召了來，想我就這樣走，可沒那麼容易！」

雲二風站了起來，冷冷地道：「你想怎樣？」

雲五風失聲叫道：「二哥！」

雲二風叱道：「五弟，你別管，穆小姐，你快些離開這裡，你已得了忠告，這個忠告，是可能救了你們的性命的！」

穆秀珍一掌擊在桌上，道：「不行，我既然來了，你們就得將什麼都講出來給我聽，一點也不准保留，聽到了沒有？」

穆秀珍以為雲家別的兄弟，也像雲五風那樣容易對付，她卻是大錯特錯了，雲二風一聲冷笑，一翻手，手中已多了一柄十分小巧的手槍。

躺在床上的雲一風道：「二弟，別——」

可是，他才講了二個字，雲二風已連射了三槍！

那三槍所發出的聲音並不大，子彈呼呼地自槍口射出，在穆秀珍的頭頂和兩邊頰邊掠過，距離只不過半吋許而已！

穆秀珍的臉漲得通紅，她的心中，實是怒到了極點，雲二風以為這樣就可以將她嚇倒，那實在是大錯特錯了！

三下槍響一過，雲二風冷冷地道：「怎樣，你走不走？」

穆秀珍深深地吸了一口氣，道：「走！」

可是，隨著她那一個「走」字，她的身形突然一矮，一伸手間，已然抄起了一張椅子，向雲二風疾抛了出去，同時，她的身子也向前躍出！

在她的身子向前躍出之際，她右手一翻，「叭叭叭叭」四下響，彈出了四顆鐵彈子，四面射了開去，令得其餘之人，各發出了一聲驚呼！

穆秀珍的動作突然之極，當她隨著那張椅子一起向前撲去的時候，各人可以說是一點預防也沒有，雲二風的身子被椅子砸中，他猛地向後倒去。

可是，雲二風的身手也十分敏捷，他一跌倒在地，立時著地滾了過來，滾到了穆秀珍的身邊，一伸手，便拉住了穆秀珍的雙腳！

穆秀珍的雙腳被拉，身子站立不穩向後倒去。

也就在這時，有一團東西向她飛了過來，那團東西，帶著一股強烈的腐臭味，穆秀珍來不及躲開，恰被那團東西拋中。

她只覺得一陣噁心，腦子立時昏迷了起來。

她幾乎是立即變成半昏迷狀態的了，但是她卻還可以聽得到人的講話聲，她聽得在靜寂中，雲一風嘆著氣，道：「我們不必和她們作對的！」

雲二風則抗聲道：「可是，她們定然會阻撓我們行事的！」

雲一風又嘆了一聲，道：「那大可以慢慢商量，將她的眼睛蒙上，五弟，仍然由你……由你送她回……她的家中去！」

雲五風卻道：「大哥，她來的時候並沒有蒙上眼睛！」

穆秀珍又聽得，在雲五風的這句話說出口之後，幾個人都發出了一下驚呼聲，那是她聽到的最後的聲音，接著，她便昏了過去。

6 畫像

木蘭花和高翔一起出了屋子，上了車，高翔才道：「蘭花，秀珍在生氣，為什麼不讓她一起去？」

木蘭花道：「我是特意如此的，因為我們的行動萬一不小心，警方的聲譽又必然會受到重大的打擊，而秀珍正是任何情形下行事都不小心的人！」

高翔笑了一下道：「那你已決定去處了？」

「是的，我們到沙宅去。」

「為什麼？」

「我推測『旋風』和沙炳興之間，一定有著不可告人的糾葛，明白了這種糾葛的性質，也就可以明白整件事情了，是不？」

「可以這樣說。」

「我更認為，在沙宅天花板上的兩個暗室中，一定有著我們所需要知道的秘密，我們現在就去，偷偷進去看看。」

「蘭花——」高翔叫了一聲，道：「要到那密室，只有從沙炳興的臥室中走進去的！」

「是啊，所以我們的行動必須萬分小心，絕不能讓沙炳興知道，要不然，沙炳興不知道又要製造出多少事來誣衊警方了，這也是我不帶秀珍來的原因！」

高翔坐直身子，他知道這必須振作精神才行。

因為，單說偷進沙宅，已不是一件易事，而要在沙炳興的臥室中偷進去，進入暗道，直達密室，那更是十分困難的一件事。

要應付那麼困難的任務，沒有飽滿的精神是不行的！

木蘭花駕駛著車子，半小時後，便在沙宅的附近停了下來，然後，他們兩人一起向前走去，他們錯開了正門，來到了圍牆邊上。

兩人貼牆而立，他們傾聽著。到他們聽不到有什麼異樣的聲響時，木蘭花才一揚手，拋出了附有鐵鉤的一股繩索。

鐵鉤鉤住了圍牆，他們迅速地爬了上去。

然後，他們幾乎毫無聲息地落在花園中。

當他們兩人剛一落在花園中的時候，遠處有幾下狗吠聲傳了過來，但是不一會，狗吠聲便停止了，他們也開始向前走去。

由於整件事情，到如今為止，處處都透著十二分的詭異，所以這時，他們在深夜偷進沙宅來，他們的心中也十分緊張。

他們藉著花園中樹木的掩護，迅速而小心地向那幢古色古香的大屋接近，終於來到了牆腳下。他們看到有兩個人在巡邏著。

這兩個人當然是沙炳興雇來的，但是這兩個人卻沒有發現他們。

到了牆腳下，木蘭花再度以極其純熟的手法，拋出了那根繩子。

繩子末端的鐵鉤，鉤在二樓的窗檻上，木蘭花拉了拉，覺得已經鉤實了，才轉過頭來，低聲道：「我先上去，你看到我進了窗子之後，將繩子抖上三下，才開始爬上來！」

高翔低聲道：「如果你出了事呢？」

「那你就快退出去，立即再以警方人員的身分公開來找沙炳興！」木蘭花一面講，一面已迅速無比地向上攀了上去。

她攀到了窗前，一手拉著繩子，支持著整個身子，另一手取出玻璃刀來，在窗子的玻璃上削了一個圓圈，隨即又取出了一個橡皮塞，將那被削破的玻璃片吸了下來。

然後，她從那個洞中伸手進去，弄開了窗栓。

她輕輕將窗子拉開，一翻身，跳了進去。

木蘭花不知道那間是什麼房間，她也不知道那間房間之中，是不是有人，是以她極其輕巧地跳了進去之後，立時蹲了下來。

她蹲著不動，大約有二十秒鐘，直到她確定了房間中絕沒有別的聲音時，她才取出電筒來，緩緩地照了一圈，她看清了，那是一間臥室。

但是這間臥室的床上卻並沒有人，這可能是一間客房，如今沒有客人，當然空置著了。

木蘭花鬆了一口氣，回到窗口，將繩子拉了三下。

不到半分鐘，高翔也跳進了房間。

木蘭花連忙收起了繩子，高翔在這時候，早已用百合匙將房門打了開來，他將門拉開半吋，向外面望去。

門一打開，光線便透了進來，外面是走廊，走廊的燈光，十分明亮。由於他們曾來過一次，所以他們立即便認出了沙炳興的臥室，在他們的斜對面。

若是算起距離，約莫是十二碼左右。

但是，他們卻並沒有立即越過這短短的距離！

因為，在沙炳興的房門口，坐著兩個彪形大漢。那兩個彪形大漢，全都穿著黑襯衫，在襯衫的袖子上，繡著「ＢＥ」兩個英文字母。

高翔和木蘭花兩人一看就可以知道，這兩個人是本市「黑鷹保護社」中的人。這家保護社中的人員，全都精嫻柔道和空手道，他們接受一切危險的任務，自然也包括守護在內。

沙炳興聘請他們來保護，也是自然而然的一件事。

但是這時，對木蘭花和高翔而言，事情卻麻煩了！

他們想到天花板之上的密室中去查個究竟，一定要由沙炳興的臥室壁櫥中的暗道進去，首先他們得進入沙炳興的臥室才行！

但沙炳興臥室門口，卻有兩個人寸步不離地守著！

他們看了片刻，又輕輕地關上了門。

高翔低聲道：「蘭花，我們用強烈的麻醉劑，使這兩個人昏迷幾小時，那實是輕而易舉的事情！讓我先出去對付他們。」

「不，這樣沙炳興就會知道有人上去過了！」

「給他知道又怕什麼？我們早離開了！」

木蘭花停了片刻，才道：「高翔，你不覺得，我們上次進入暗道的時候，沙炳興一看到那木梯上有腳印，他的面色是何等難看？而且，他說這暗道幾乎只有他一個人知道，可知道上面一定有極度的秘密，如果他知道有人又上去過，那麼他可能會因此做出很多我們意料不到的事情來。」

「那麼，」高翔聳了聳肩，「有什麼法子進去呢？」

木蘭花又想了片刻道：「如果他臥室的門是鎖著的，那麼你估計，打開那門，需要多少時間？」

高翔一呆，道：「那我是無法估計的，因為我不知道他裝在門上的是什麼鎖，但如果使用鎖孔炸藥的話，那麼兩秒鐘就夠了！」

木蘭花不禁笑了起來，道：「一樣要使用炸藥，何不就使用強烈麻醉劑呢？既然沒有把握，那我們只好將他們兩人麻醉過去了！」

高翔點了點頭，又將門推開了半吋，他伸出一柄槍去，瞄準了之後，連扳了兩下，在幾乎沒有聲響的情形下，兩支針已射了出去。

那兩個大漢顯然也是十分機靈的人，他們立時抬起頭來。然而，當他們抬起頭來之時，兩支利針也早已射到了！

高翔射出的那兩支針，都射中在兩人的面頰上。

他們兩人陡地一呆，伸手向面頰上摸去，可是他們的手還未曾碰到針尾，身子便已然搖晃著，要向下倒了下去了。

木蘭花和高翔也就在此時，推開門，向前疾竄了出去，在那個大漢還未曾發出砰然巨響倒下來之前，將他們的身子扶住。

然後，又將他們輕輕地放了下來。

木蘭花向高翔使了一個眼色，高翔已在開那臥室的門了，那臥室的門，果然十分精巧，高翔花了足足五分鐘的時間，還不免發出了兩下輕微的「喀喀」聲，才算將鎖打了開來。

可是當他握著門把，轉動著去推門時，門卻沒有應手而開！

鎖是肯定已被打開的了，但是卻推不開來，這種情形的解釋，只有一個，那便是，門已在裡面被拴上了，這是一個十分麻煩的事情！

在高翔開鎖的時間內，木蘭花已將那兩個漢子扶了起來，坐在椅上，並且取下了他們面頰的麻醉針，看來那兩個漢子和常人無異。

這樣的情形，如果有人來，他們要避過去，倒是一件容易的事情，但是他們打不開門，那卻是十分麻煩的事情！

木蘭花來到了高翔的身後，用極低的聲音道：「裡面有門栓？」

高翔點了點頭。

木蘭花取出了一支筆形的儀器來，頂端有一個小小的錶，錶上是有指針的，木蘭花將之放在門縫，慢慢地自下而上地移動著。

那是一支金屬探測儀，利用磁性敏感的反應，可以探測出在木門的後面，什麼地方有金屬來，有金屬的地方，當然便是門栓的所在處了。

當那儀器到了門把上兩呎處的時候，指針顫動了起來，木蘭花繼續向上移動著，一直到了門頂，指針都未曾再動過。

木蘭花指了指那地方，已取出一柄有著極其鋒銳鑽頭的小形搖鑽來，在那地方鑽了一個孔，然後，她再以一根一端有尖鉤的硬鐵絲，伸進孔去。

她小心地用那根硬鐵絲鉤動裡面的門栓，她當然無法看清門內的情形，但是她卻可以憑感覺知道鐵鉤有沒有鉤中門栓。

約莫過了七八分鐘，木蘭花的面上有了喜容。

又過了半分鐘，只聽得門內傳出了極輕微的「啪」地一聲，木蘭花連忙縮回了那股硬鐵絲來，他們兩人也各自跳開一步，在門的兩旁，貼牆而立。

他們已然鉤開了門栓，但剛才卻發出了「啪」的一聲響，如果已驚醒了房中的人的話，他們小心的行動，就可以使得他們更易脫離險境了！

他們等了約莫半分鐘，並沒有聽到房內有什麼動靜，木蘭花首先又來到了門前，旋著門把，輕輕地將門推了開來，閃身而入。

當木蘭花閃進臥室之際，高翔也立時跟了進來，兩人的動作配合得十分緊密，但是，木蘭花在進了門之後的一剎間，高翔還未曾進來，門也還開著，走廊中的光線射了進來，木蘭花一眼就看到，床上的被褥十分整齊，根本就沒有人！

高翔隨即進來，將門關上。

木蘭花低聲道：「高翔，沙炳興不在！」

高翔陡地一呆，連忙亮著了小電筒。

沙炳興不在床上，也沒有坐在房內的沙發上，他根本不在房中！

他不在房中，又何以弄了兩個人守在門口？

這可能是他的空城計！

不管沙炳興用的是什麼計，他不在臥室中，對木蘭花和高翔兩人的行事，總要方便得多的，因此他們不再耽擱，立時打開了壁櫃的門。

高翔走了進去，用小電筒照著字鍵，根據他上次聽來的號碼，迅速地轉動著，高翔的確不愧是第一流的開鎖專家！不到三分鐘，他已打開暗門，向木蘭花招了招手，兩人一起走了進去。

木蘭花順手「啪」地一聲，開著了電燈。

那道木梯的腳印，十分雜亂。

他們向木梯上走去，高翔走在前面，到了盡頭，頂開那塊木板，和木蘭花兩人先後來到了二樓的天花板上面。

上面十分黑暗，兩人都吸了一口氣。

高翔當然不信有鬼，可是在這樣漆也似黑的黑暗之中，而這個地方，又是一個十分詭異的地方，高翔的心中，不但緊張，而且還相當害怕。

他的手中，已隱隱地在出汗了！

他們兩人，在黑暗中站立了約莫一分鐘，木蘭花才先著亮電筒，電筒的光芒十分微弱，但是卻也可以看清眼前的情形了。

木蘭花向前看去，眼前的一切，和上次來的時候並沒有兩樣，這裡實在是一個通道，左右各有一扇門，在那兩扇門內，才有著他們要得知的秘密！

木蘭花向左指了指，表示先去看左首的房間。

高翔在木蘭花手中電筒光芒的照耀下，來到了那扇門前，他先試著握著門柄推了一推，卻不料門根本沒有鎖，竟應手而開！

高翔陡地一呆，忙又將門關上。

木蘭花一步跨向前來，道：「怎樣？」

「門沒有上鎖。」

「裡面也沒有燈光，我們推開門，一起進去，你向左閃，我向右閃，你等看到我亮了電筒之後，才可以有所行動。」木蘭花吩咐著。

她熄了手中的小電筒，四周圍重又一片漆黑，高翔一伸手，將門推開，兩人立時閃了開來，他們只覺得立腳之處十分軟，分明是鋪著極厚的地氈，除此之外，由於眼前一片漆黑，他們什麼也看不出來。木蘭花已經取出了紅外線眼鏡戴上。

在紅外線的作用之下，木蘭花的眼前，呈現一片暗紅色，她立時看清了眼前的情形。

由於它是在屋頂之下，因此它的一邊是斜向下的，地上的確鋪著地氈，地氈的花紋，看來還十分之複雜，而令得木蘭花驚訝的是，那間房間，竟是空的！

木蘭花立時著亮了小電筒，電筒的光頭照在牆上的電燈開關上。高翔立時明白了她的意思，他先關上了門，然後亮著了電燈。

由於在黑暗中久了，電燈才亮的時候，高翔感到了一陣目眩，他用手遮住了額頭，向前看去。

當他看到了眼前不但一個人也沒有，而且連一件傢俬陳設也沒有之際，他也不禁呆了一呆，道：「蘭花，什麼也沒有，這是怎麼一回事？」

木蘭花取下了紅外線眼鏡，呆呆望著地。

顯然，她也不知道這是怎麼一回事。

她慢慢地向前走著，由於落腳之處十分柔軟，所以她便低頭看去，她一眼便看出，那一張地毯，是世界著名的蒙古地氈。

那張地氈十分之大，木蘭花從來也未曾見過那麼大的一張地氈，它幾乎將那間大房間全鋪滿了，它至少有五百方呎那樣大。

地氈可以看出已非常之舊了，但是圖案，顏色，卻仍然十分鮮明，在地氈的中心，織著一大群奔馬，栩栩如牛，在那一大群奔馬之旁的，則是一圈又一圈如意紋、十字紋、龍紋、鳳紋、回字紋的圖案，這是一張極其精美的地氈。

這張地氈，可能還是古董，它的價值，自然是非同小可的。那麼名貴的一張地氈，卻鋪在這裡，這事情實是十分怪異的。

木蘭花和高翔兩人在地氈上踱著步，他們兩人顯然正在想著同一個問題，這張地氈是什麼意思呢？有什麼作用呢？

幾分鐘之後，他們一起抬起頭來。

顯然，他們都未曾想出什麼結果來。

木蘭花向高翔做了一個手勢，高翔關了燈，木蘭花再戴上了紅外線眼鏡，他們離開這間房間，又向右首的門走過去。

高翔握住了門把，輕輕地旋轉著，門也是未鎖的。

木蘭花低聲道：「和剛才一樣！」

高翔會意，向內推開了門。

可是，這一次，卻和上次大不相同了！

上次，他一推開門之後，便立時躍了進去，木蘭花也跟在他身後躍進來。然而這一次，門一推開，高翔根本未及向前跳出，便整個人都呆住了。

不但高翔呆住了，連木蘭花也呆住了！

門一推開之後，眼前竟是一片光亮，而絕不是他們想像中的黑暗，接著，他們便聽得裡面傳來了淒厲而難聽之極的笑聲！

在那一剎，儘管木蘭花和高翔兩人，都是機警之極的人，但由於事情的發生，實在太突然了，是以連他們也僵立著不動。

而突然之間，笑聲停止了。

他們聽到了沙炳興的聲音，沙炳興的聲音也十分凌厲，但更多的是驚訝，只聽得他怪聲叫道：「是你們，是你們！」

高翔和木蘭花兩人，直到了此際，才有機會定睛向前看去，他們看到，那間房間中的陳設十分簡單，只是一張酸枝的方桌，和四張高背的椅子。

在正對著門的一張椅子上，坐著沙炳興。

而沙炳興的手中，握著一支槍。

那絕不是一柄普通的手槍，而是有著一個相當大的輪膛，可以放射六枚小火箭，殺傷力極強的火箭槍！

高翔和木蘭花一看到這等情形，更是進退兩難！

事實上，他們也實在可以說狼狽到了極點！

他們兩人處於不利的環境，這當然不是第一次了，然而處在那樣尷尬的處境中，這卻是在這次之前，從來未曾發生過的事情！

沙炳興面色鐵青，盯著他們。

過了好半晌，才聽得他又道：「是你們！」

他一面說，一面已將手中的火箭槍放了下來，同時，用手托住了額角，可以看出他的樣子十分之疲倦，幾乎已不能再支持了！

木蘭花和高翔互望了一眼，高翔速忙走向前去，輕易地將桌上的火箭槍取了過來，道：「沙先生，這是十分危險的武器，你不應該碰它的！」

沙炳興並沒有回答。

木蘭花也走了進來，她看到，在那幅牆上，掛著四張炭畫像，畫像是傳統的中國人像畫法，畫中的人都在四十上下年紀。

那四個人中，有一個一望而知是沙炳興。

另外三個人都是陌生的，但是其中的一個，卻令得木蘭花的心中一動，她覺得這個人非常臉熟，那種堅定的臉部輪廓，實在使得她覺得臉熟。

但是她並沒有機會去進一步思索，已聽得沙炳興突然咆哮起來，道：「出去！出去！你們給我滾出去，快滾出去！」

高翔有點不知所措，一連後退了好幾步。

木蘭花疾轉過身來，她的聲音十分溫和，道：「沙先生，你鎮定些，你在這裡等人，是不是？我們先來了一步，你要等的人，可能隨後會來的。」

沙炳興喘著氣，不再高叫了。

木蘭花又道：「或者，我們在這裡，和你一起，等你要等的人來了，我們可以給你一點幫助，你認為我的話有理麼？」

沙們興又呆了許久，才僵硬地點了點頭。

木蘭花鬆了一口氣，向高翔使了一個眼色。

他們兩個人，一左一右，在沙炳興的兩邊坐了下來，木蘭花道：「沙先生，事情已到了這等地步，你也應該將一切向我們說明白了！」

沙炳興卻已恢復了鎮定，只聽得他冷冷地道：「你說什麼，我實在不明白，什麼叫做『事情已到了這等地步』？我不明白。」

「唉，沙先生，你一定要我講明白麼？以你在社會上的地位，以你所擁有的財產而論，今晚，你竟想做一個殺人犯，事情還不嚴重麼？」

沙炳興的臉色，在木蘭花鋒銳之極的詞鋒之下，又變成了死灰色，他的身子在微微發抖，但是他卻回答道：「笑話！」

「沙先生！」木蘭花更進一步地逼問，道：「我們兩個人在這裡出現，對你來說是一個意外，但你在這裡，的確是在等人的，而如果來的不是我們，而是你等的人，我想你一定已經毫不猶豫地開了槍，而且，你也已成了一個殺人犯了，是不是？」

在木蘭花的連連緊逼之下，沙炳興神色變幻不定，可是他卻發出了連聲的冷笑，轉過頭去，道：「高先生，你們有入屋搜查令麼？」

高翔呆了一呆，神色尷尬。

沙炳興又冷笑了起來，道：「那麼兩位私入民宅……」

木蘭花一揮手，道：「少廢話，如果你可以肯定不要我們幫助的話，那麼你大可以公事公辦，你可以控告我們有罪！」

高翔立時接了上去，道：「如果你還想我們幫助的話，那麼，當然你不必追究有沒有搜查令了，沙先生，是不是？」

沙炳興抬起頭來，望著上面，上面全是一根一根的椽子，實在沒有什麼好看的，他自然只是在思索。

過了難堪的幾分鐘之後，沙炳興才道：「我當然要你們的幫助，因為我的生命、財產，全都受到了極大的威脅，我當然需要幫助。」

「很好，我們可以幫助你，但我們首先得瞭解事實的真相——例如，你所說的威脅，是來自哪一方面，什麼人？」木蘭花試探著問。

「我不知道，你們也別問我！」

沙炳興的態度如此橫蠻，高翔已經十分憤怒了，但是木蘭花卻還是十分心平氣和地道：「我想，是旋風，是不是他？」

當木蘭花一講到「是旋風」這句話時，她的心中陡地一亮，她想起來了，牆上那四幅中的一幅，她感到面善的，正是像那自稱旋風的年輕人！

在畫上的那個人，已有四十開外年紀，當然不是那個年輕人，但是容貌既然如此相似，那自然是他的上代了，說不定就是他的父親！

事情已經有點眉目了！那個自稱「旋風」的年輕人，曾如此嚴厲地攻擊沙炳興，那自然是沙炳興曾對他的上代，做過許多不道德的事情。

木蘭花的心中十分興奮，因為她已找到了使頑強的沙炳興投降的武器了，她雙手按在桌上，道：「前天晚上，我已經見過旋風了！」

沙炳興陡地一怔，但是出乎木蘭花的意料之外，他卻突然大笑了起來，木蘭花感到有點狼狽，因為她預料自己的話，是會使對方大吃一驚的。

她為了挽救自己的狼狽，連忙又指著牆上那四幅畫像中的一幅，道：「那是這個人的後代，我一看就可以看出來了。」

這句話生效了！沙炳興的笑聲突然停止。

他凝視著木蘭花，木蘭花也望著他。

兩人對視著，好一會，沙炳興才緩緩地道：「如果你已經見過他，那麼，你還來問我幹什麼？你又何必到我這裡來？」

木蘭花這時，心中十分為難。她的確是見過那年輕人的，可是，她和那年輕人的會面，卻是一場無結果的會面，因為她並未曾對那年輕人增加絲毫瞭解！所以這時候，她對沙炳興的反問難以回答。

因為她實在是不知道這件事情的內因！

但是木蘭花是十分機智的人，她立時道：「我當然見過他，如果沒有，我怎麼逕指他是這人的後代，而不指另外兩個？」

沙炳興又不說話了，木蘭花再度占了上風，她又道：「他當然也對我說了不少你和他之間的事，可是我卻不相信你真的是如此卑鄙無恥！」

這一句話，簡直就像是利矛一樣，投中了沙炳興！

沙炳興的身子，陡地站了起來。

由於他站起得太急，他身後的椅子倒了下來，「咚」地一聲，倒在樓板上，他連忙俯身想去扶起椅子來，想以此來掩飾驚慌。

可是，他的手在不斷地發抖，終於要靠高翔的幫助，才扶正了椅子，重新坐了下來，然後才道：「他什麼……都……說了？」

「幾乎是那樣！」

「他什麼都說了？」沙炳興又怪叫了一句。

木蘭花點了點頭，雖然她其實什麼也不知道，但是她卻必須裝出她已知道了一切的樣子來，是以她再度點著頭，道：「是！」

「放屁！」沙炳興的聲音實是尖利得可怕，道：「完全是放屁！他講的沒有一句是真話，一句也沒有，他全是在造謠！」

沙炳興講著，陡地跳了起來，衝到了牆前，將那張畫像摘了下來，重重地砸在地上，「嘩」地一聲，玻璃被砸碎了。

而沙炳興還在用力地踏著，將畫框踏了個稀爛，然後，才將那張畫像拾了起來，「嗤」地一聲響，將之撕成了兩半。

他還要再撕的時候，木蘭花突然看到在畫像的下端有著一行字，她連忙一步跨出，一伸手，便將畫像的下半部搶了過來。

高翔也在這時離開了座位，扶住了沙炳興。

木蘭花一將半幅畫像搶在手中，連忙去看那一行字，只見那一行字是「浙江湖州雲旋風畫像」九個字，在一幅畫像之下，有那樣的九個字，實在是極普通的一件事。

但是木蘭花卻立即呆住了！

不但木蘭花呆住了，當木蘭花立卻將那半張畫像揚了起來，給高翔也看清了那九個字之後，高翔也陡地呆了一呆，向旁退出了一步。

7 愛神的箭

沙炳興不再呼叫跳動了，他像是石頭人也似地站著。

木蘭花和高翔兩人深深地吸了一口氣，齊聲道：「沙先生原來不是姓沙！」

這句話實在是非常之可笑的，在本市，誰不知道統屬著數不清企業的沙氏機構？誰又不知道沙氏機構的總裁沙炳興？

如果說沙氏機構的總裁居然不是姓沙的話，這不是太可笑了嗎？真難想像像木蘭花和高翔那樣機智的人，竟會問出那麼可笑的問題來。

沙炳興呆了一呆，怪笑了起來，道：「笑話，我當然姓沙，我不姓沙，又姓什麼？我是沙氏機構的總裁，誰不知道這一點？」

高翔不等他講完，陡地向前跳了過去。

高翔是跳向牆上所掛的沙炳興的畫像的。可是沙炳興也在此時身形一轉，也轉到那幅像前，他用背部遮住了那畫像，雙目圓睜，道：「別碰它！」

「沙先生，如果你真是姓沙，名炳興，那麼在這張畫像之下，一定會有著題名的，是不是？」高翔一步一步地逼過去。

當高翔來到了沙炳興身前的時候，他陡地捉住了沙炳興的手，用力一拉，將沙炳興的身子拉得向外衝出了好幾步！

可是，出乎高翔意料之外的是，正當他要放手的時候，沙炳興的身子突然一縮，背部撞向高翔，同時，他的身子一彎，雙臂用力一摔，竟將高翔從他的頭上直摔了出去！

高翔身不由主地向前疾跌而出，重重地跌在七八呎之外！

而沙炳興則已衝向前去，將牆上他自己的畫像摘了下來。

高翔跌在七八呎開外，立時一骨碌爬了起來。

可是他想阻止沙炳興去摘他自己的畫像，卻已不能了，他只得焦急地叫道：「蘭花，快想辦法，他一定想毀去這張畫！」

木蘭花卻冷冷地道：「我想不會的，因為孟廷楝先生出名的足智多謀，他又何必那麼笨，高翔，你說我的話對麼？」

高翔陡地一呆，一時之間，他還不明白什麼意思！

可是接著，「嘩啦」一聲，已將畫像摘在手中的沙柄興，雙手突然一鬆，他手中的畫像落了下來，畫框上的玻璃也跌得粉碎了。

畫框當然也跌壞了，在那畫像之下，的確有著一行字，那是「山東德州孟廷棟畫像」幾個字！

高翔驚訝地叫道：「蘭花，你——」

他是在驚訝何以木蘭花在未曾看到那一行字之前，便已知道了沙炳興的真姓名——因為以目前的情形來看，孟廷棟一定是沙炳興的真姓名了。

但是，高翔的話還未曾講完，便聽得沙炳興發出了一聲尖叫，道：「你，真的什麼都知道了，你……真的都知道了？」

在他這樣高叫的時候，他面上的神情，實在是可怖之極，只見他雙手在半空中亂揮亂抓，像是在抗拒著什麼巨大的妖魔一樣！

在他不斷地怪叫聲中，高翔和木蘭花都不禁呆了一呆。

一切都是突如其來的，事情的變故發生得如此之快，令得木蘭花與高翔兩人也無法應付，陡然之間，只見沙炳興揚起的雙手，向下一沉。

高翔和木蘭花兩人，都看到在那一剎間，自沙炳興的手中，拋出了兩團黑色的圓形物體，拋向地上，在他們兩人連想也未及想一想那是什麼之際，「砰砰」聲響，那兩團物體已經爆開來，大蓬濃煙立時迅速四下散了開來。

濃煙四散的速度極快，高翔立時聞到那股特殊的氣味，他急叫道：「蘭花，小心，黑煙有毒！」事實上這時，他已看不到木蘭花在什麼地方了。

因為黑煙迅速地展了開來，令得房間中已充滿黑煙，他已經看不到眼前的東西了，他只不過叫了幾聲，便劇烈地嗆咳起來。

也就在這時，他看到一條人影，向他疾撞了過來。

高翔認得出，那是沙炳興！

而其時他雖然已感到天旋地轉，但是他的神智還是十分清楚，他知道，必須攔住沙炳興，一定不能讓他衝出這間屋子。

是以，他猛地迎了上去，雙手疾揚了起來，往向前衝來的沙炳興頭部，猛地擊了下去。那時，高翔的神智也已開始有點迷糊了！

他朦朧地感到，自己那有力的一擊，像是已擊中了對方，可是他又感到，對方並沒有被擊倒，反倒是仍然用力地向前撞來。

而且，那一撞的力量極大！

那一撞，將高翔撞得連連向後退去，高翔甚至無法分辨自己又撞中了一些什麼東西，總之，他是跌倒在地上的，而當他努力想要站起身來之際，那種辛辣的黑色氣體，不但使他全身昏軟，而且使得他的神智昏迷，他像是在旋轉，不斷地旋轉。

在劇烈的旋轉中，高翔終於失去了知覺。

穆秀珍終於醒了過來。

她一有了知覺，便立即怪叫了一聲，不管三七二十一，猛地向前擊出了一拳，隨著那一拳，只聽得「砰」地一聲響，她連忙睜開眼來。

當她睜開眼，定睛一看之後，她禁不住「啊呀」一聲，叫了出來，原來她是坐在自己的床上，而剛才那一拳的結果卻十分之慘！

因為她一拳正擊在放在床頭的那塊瓷磚之上，當然，那塊美麗的瓷磚已經跌下了地，打碎了！穆秀珍雙手捧著頭，站了起來。

一時之間，她當真認為自己是在做夢，如今夢醒了，自己還在床上，什麼也沒有損失，可是，那一切，難道真是夢麼？

雲家的五兄弟，他們怕羞的小弟弟，受了傷的大哥，強悍的老二，自己曾和他們見面，曾和他們動手，難道那全是夢麼？

當然不是！

穆秀珍直跳了起來，奔下樓去。

她才一下樓，便知道那不是夢了。因為在客廳中，正有一個人坐著。

那個人的神態，優閒得就像是坐在自己的家中一樣，他手中握著一隻酒杯，半注著酒，杯中的冰塊相碰，發出輕輕的叮叮聲。

唱機在播送出輕音樂的聲音，他坐在沙發上，隨著輕音樂的旋律，輕輕地搖著腿，看到穆秀珍出現在樓梯口，便向穆秀珍揚了揚手。

穆秀珍起先還以為那是高翔，因為只有高翔，才可以在她們的家中這樣自由自在，但是，她立即從那年輕人漆黑的西裝上，認出了他是雲家五兄弟之一。

穆秀珍暗中咬牙，她面上卻也裝出滿不在乎的神氣，向下走來，當她快要走到樓下的時候，那年輕人站起身來。

他看來十分溫文有禮，向穆秀珍微微一鞠躬，道：「穆小姐，我是老四，五弟說你太美麗了，他自小就不敢和美麗的女孩子在一起，所以他不敢送你回來，是我送你回來的。」

雲四風一面說，一面不停地注視著穆秀珍。

穆秀珍想起自己剛才是昏了過去的，而醒來之後，已回到了家中，而且還躺在自己的床上，那麼一定是他抱自己上去的了。

穆秀珍想到這裡，不禁臉紅了起來，她的心中也更憤怒了。

穆秀珍不但是一個相當魯莽的人，而且她還是好勝心十分強的人，這時，她所想到的只是自己是失敗在他們五兄弟手中的，他們居然還派出一個人將自己送回來，那自然是極看不起自己了，穆秀珍想到的只有報仇，要對方也吃點苦頭！

她並沒有進一步的去想一想，如果對方真對她有惡意的話，在她昏了過去之後，怎會好端端地送她回來，讓她躺在床上？

穆秀珍心中已打定了主意，她一面紅著臉，一面還在笑著，道：「噢，原來是這樣麼？雲先生，既然來了，請坐啊！」

穆秀珍是一個十分爽直的人，她心中對人恨，雖然面上竭力裝出微笑的樣子來，也是不成功的，雲四風早已看出來了。

是以雲四風連忙後退了一步，雙手亂搖，道：「穆小姐，我只是送你回來，我們不想再和你動手，我們是絕無惡意的——」

可是，雲四風話還未曾講完，事情已發生了！

那時，穆秀珍已走下了樓梯，可是她的手卻還扶在樓梯欄杆上，而欄杆的盡頭，是一根十分藝術的銅柱，銅柱上，則是一具愛神邱比特的像。

就在雲四風講到「沒有惡意的」之際，穆秀珍的手，突然在那邱比特像的背後按了一下。

邱比特像的手中，是持著一張張開的弓的，由於弓上，箭上，全漆著金漆，看來只是銅像的一部分，絕看不出那是一張真正的小弓，而那支小箭，在強力的弓弦彈射之下，也是可以射出很遠的！

穆秀珍的手在邱比特像背後的掣上一按之後，只聽得「錚」地一聲響，那支只有三吋來長的小箭，立時向前電射而出！

雲四風恰好站在樓梯口之前，只不過三碼遠近外，一聽得「錚」地一聲響，有一枚小箭突然射了過來，他不禁為之陡地一呆！

一則是他絕料不到他送穆秀珍回來，穆秀珍竟會對付他；二則，是因為那支小箭發射的位置，實在太巧妙了，是絕料不到的！

小箭的去勢極快，就在雲四風一呆之際，小箭已射中了他的肩頭，雲四風低頭向自己的肩頭上看了一看，又抬起頭來望著穆秀珍。

他甚至還在笑著，道：「這設計再妙也沒有了，是……」

他一聲「是不是」還未曾問出口，他的身子便「騰騰騰」地向後連退出了三步，恰好坐倒在一張單人沙發之上。

而當他坐在沙發上之後，他還是勉力地抬起頭來。

看樣子，他還想講上幾句話的。

但是他剛一張開口，小箭中的強烈麻醉劑早已發作了，他頭一垂，面上現出了一個看來十分古怪的笑容，便昏了過去。

這一切，其實是不到半分鐘之內所發生的事！

穆秀珍一見雲四風昏了過去，「哈哈」一笑，向前奔出了幾步，這時，她反倒細心了起來，她先奔到門口，向外望了一望。

她看到她那輛新贏得的跑車就停在門口，雲四風顯然就是用那輛車子送她回來的，而外面靜悄悄地，分明沒有人！

穆秀珍這時自然是反敗為勝了，她心中的得意是可想而知的，但是她的心中也不免有點遺憾，她遺憾的是，竟沒有人看到她制服敵人時的情形。

她來到了雲四風的身前，將那枚小箭拔了出來。

小箭射入雲四風的肩頭極淺，雲四風可以說沒有受到什麼傷，但是他這時卻身子發軟，任由穆秀珍抓住他的胸口，將他提了起來。

穆秀珍開始在雲四風的口袋中搜尋了起來，她搜到兩柄十分小巧的手槍，和一隻煙盒，那隻煙盒內當然有著許多古怪。

穆秀珍準備放著，等高翔回來之後，再交給他去研究，因為高翔是小巧的間諜用武器的專家，他可以將那煙盒完全拆開來的。

穆秀珍又在雲四風的上衣口袋中，搜出一隻銀包。

那是一隻黑鱷魚皮的銀包，十分華貴，銀包中有不少美金，穆秀珍翻了一翻，心想將之順手放在咖啡儿上之際，忽然又有了新發現。

她發現那隻銀包也是經過改裝的，在她手指無意間按上去之際，有片鱷魚鱗，竟向旁移了一移，而現出了手指大小的一幅軟片來。

那軟片當然是極其重要的東西，要不然也不會放在那樣秘密的地方了。穆秀珍用兩隻手指夾住了那軟片，向燈光照了一照。

她依稀看到軟片中有字，有許多圖案，但是她卻無法看得清楚，因為那是微縮軟片，必須經過放大，才可以看得清楚。

穆秀珍將那軟片放進她自己的口袋中，然後，她找了一股電線，將雲四風的身子扶直，將他結結實實地綁在沙發上。

做完了這一切之後，穆秀珍的心中更得意了，因為這時候，她完全占了上風，任何人在自己占上風的時候，總是希望有多一點觀眾的，穆秀珍自然也不能例外。也可以說是天從人願，正在她心中嘀咕著，為什麼木蘭花和高翔兩人還不回來的時候，門鈴響了！

門鈴才一響，穆秀珍便叫道：「來了！」

她一面應著，一面三步併作兩步，向門口跳去，然而當她來到了鐵門口的時候，她不禁呆了一呆，並不是木蘭花和高翔回來了。

站在門口的是沙炳興！

沙炳興的神態十分不正常，他頭髮散亂，面色青白，而且不斷地在喘著氣，而在他的雙眼之中，也顯得十分憤怒。

他那種異常的神態，穆秀珍也注意到了。

是以，穆秀珍在門前，呆了一呆。

「開門！」沙炳興的聲音，十分嘶啞，「快開門！」

「沙先生，又有什麼事發生了？」

穆秀珍雖然看出了沙炳興的神態有異，但是她卻想不到究竟發生了什麼事，她一面開門，一面又道：「我蘭花姐不在家。」

「我知道！」沙炳興一側身走了進來，到了穆秀珍身後。

「你知道？」穆秀珍感到十分奇怪。

這時候，沙炳興在穆秀珍的身後，已經掣了一柄手槍在手中，可是穆秀珍卻還未曾覺察，她得意地一笑，道：「沙先生，蘭花姐雖然不在，但是，我卻也捉住一個旋風神偷了！」

穆秀珍這一句話，令得沙炳興陡地一怔。

他連忙收起了手槍，盡力使聲音變得平和，問道：「你說什麼？旋風神偷，你捉到了他們中的一個，真的，在哪裡？」

穆秀珍聽出沙炳興的聲音中，像是十分驚訝，她更得意了，道：「你可是不相信麼？他就在客廳中，是雲家五兄弟中的老四。」

「雲家五兄弟！」沙炳興的聲音又十分異樣。

「是的，他們一共是兄弟五個人，姓雲，我忘記告訴你了。」穆秀珍解釋著，「他們五個人我全見過，也知道他們的老巢在哪兒。」

沙炳興的眼珠，骨碌碌地在轉動著，試探著問道：「他們……他們沒有對你講什麼？沒有對你講起有關我的事情麼？」

想起和雲家五兄弟會面的情形，穆秀珍又不禁心中有氣，道：「沒有，他們沒有說起你，他們只是要見蘭花姐，豈有此理！」

沙炳興又是一呆道：「他們沒見過木蘭花？」

「是啊，蘭花姐一早就出去了，是了，」穆秀珍陡地想了起來，她轉過身，望著沙炳興，「他們曾經說起過你的！」

沙炳興的右手縮在衣袖之中，在衣袖中，他又握住了槍柄，沉聲道：「是麼？他們說起我什麼？你講給我聽聽。」

穆秀珍全然不知道有這樣危機，她一面向屋內走去，一面道：「也沒有什麼，只不過他們說，叫蘭花姐別上你家去。」

沙炳興大大地鬆了一口氣，他又試探著問道：「你說你見到了他們五兄弟？他們五個人？」

「是啊，只不過他們的大哥受了傷。」

沙炳興悶哼了一聲，沒有再說什麼，兩人一前一後，已然走進了客廳，他們才一走進去，就看到雲四風正在慢慢地抬起頭來。

那時，雲四風的面色十分茫然，像是根本不知道自己身在何處一樣，可是當他將頭全抬了起來之後，他卻陡地震了一震。

他首先失聲叫道：「穆小姐，你——」

他叫了四個字，便看到了沙炳興。

只見他陡地一咬牙，罵道：「孟廷棟，你這個老賊——」

沙炳興在雲四風一開口之際，便陡地向前踏出了一步，那一剎間的變化，實在是來得太突然了，穆秀珍只看到雲四風的雙足，在地上猛地一蹬！

他的身子是被穆秀珍緊緊地綁在沙發上的，這一蹬，他身子當然不可能獲得解脫，但是他卻連人帶沙發，一起向下倒去。

幾乎是同時，「砰」地一聲槍響，發自沙炳興的手上。

穆秀珍大吃一驚，一躍向前，手起掌落，向沙炳興的右腕直擊了下去，卻不料沙炳興的身手，竟出乎意料之外的靈活！

他的身子陡地一閃，錯開了穆秀珍的那一掌，而就在他的身子一閃之間，他又向著倒在地上的沙發，接連射了兩槍。

穆秀珍在百忙之中，向雲四風看去，由於沙發倒了下來，將被綁在沙發上的雲四風的身子遮住，所以她看不到雲四風。

但是穆秀珍卻已看到，有幾股鮮血在沙發下面汩汩地流了出來，那分明是雲四風已然中了槍了！

穆秀珍雖然對雲四風沒有什麼好感，但是對於沙炳興這種類似瘋狂的行動，她卻也是絕不贊成的，她急忙向前衝去，想看看雲四風的傷勢究竟怎樣。

可是，她才跨出半步，便聽得沙炳興大喝一聲，道：「站住！如果你不聽我的命令，我立時就開槍向你射擊！」

穆秀珍陡然轉過身來。

沙炳興的手中握著槍，槍口正對準著她！

從沙炳興握槍的姿勢來看，他分明是一個用槍的老手，而從他面上的神情來看，他剛才那兩句話，也絕不是說著玩的。

穆秀珍驚訝得瞪大了眼睛，道：「你瘋了！」

「少廢話，走，走出去！」沙炳興揚著手中的槍。

「那怎麼可以？」穆秀珍怒道：「你向雲四風射了三槍，他可能只是受了傷，我們如果不理他，他因為流血過多，也會死的。」

「讓他死去好了！」沙炳興的聲音，冷得像冰一樣。

穆秀珍從來也未曾遇見過一個如此冷血的人，她的怒意陡地上升，大聲道：「放屁，這是什麼話？你一個人走好了！」

穆秀珍不顧一切地轉過身去。

也就在她剛一轉過身去之際，她看到了令她目瞪口呆的情形，雲四風突然跳了起來，並且叫道：「穆小姐，小心！」

穆秀珍陡地一呆，雲四風的身子向前疾衝了過來，撞向她，也就在這時，在她的身後槍聲響了。

那一槍，本來是一定可以射中她的！幸而由於雲四風的一撞，她的身子和雲四風一起跌在地上，子彈呼嘯著自她的身上飛過，雲四風一個翻身，滾了開去，順手抄起了一張椅子，向前拋了出去！

但是他那一張椅子，沒有拋中沙炳興。

因為沙炳興在一槍未曾射中穆秀珍，和看到了雲四風突然跳了起來之後，已經以極快的身法向門外奔了出去，當雲四風跳起來，奔到門口之際，沙炳興已然到了鐵門口了。

他在鐵門口又連射了三槍，將雲四風的追勢阻了一阻。接著，便是一陣汽車馬達響，一輛汽車飛馳而去了。

穆秀珍這時也躍了起來，趕到了門口。

她看到雲四風轉過身來，滿身是血，可是看他的精神卻十分好，不像是受了傷，想起剛才若不是他的一撞，自己一定中了槍，穆秀珍的心中不禁十分不好意思，道：「雲先生，你……不是中了槍麼？你又怎能夠跳起來的？」

雲四風笑了笑，道：「穆小姐，你搜身的功夫可不怎麼到家，你看，這些小玩意你就沒有注意到！」

他伸手在一粒鈕扣上一按，只聽得「啪」地一聲響，鈕扣破了，流出了像血一樣的紅色液汁來，雲四風得意地道：「他發的三槍，根本沒有射中我！」

「可是……可是你是給我……」

「那個麼，你看這個！」雲四風抽出了他褲上的皮帶，在皮帶扣上按了一按，他那只皮帶扣彈了開來，變成了一柄極鋒利的刀！

「你身上的古怪玩意真多！」穆秀珍衷心地表示佩服。

「穆小姐，可是還是避不過你那一箭啊！」

雲四風的回答，令得穆秀珍的臉上陡地紅了起來。

雲四風的話，是語帶雙關的，剛才，令得雲四風昏過去的那支箭，是愛神邱比特的像射出來的，根據希臘神話，愛神的箭射中了誰，就是對誰表示愛意，穆秀珍聽到了如何不臉紅？

她本來是口齒十分伶俐的人，可是這時候，在這樣尷尬的情形下，她卻也不知道說些什麼才好，只是紅著臉，不好意思地偏過頭去。

雲四風又低聲道：「穆小姐，現在你可還在怪我麼？」

「不，不，當然不！」穆秀珍連忙否認，「是我太魯莽了些，你可別怪我，我……剛才是在氣頭上，你要原諒我。」

穆秀珍絕不是一個隨隨便便肯向人認錯的人，但如今她的確感到了內疚，是以她認錯，卻也認得十分誠懇，一連說了好幾次。

雲四風非常坦然地道：「別說這些了，穆小姐，我們之間，本來可能有點誤會，但是在經過了穆小姐的諒解之後，我想誤會總可以消除了。」

穆秀珍道：「是的，真……想不到沙炳興會發瘋了！」

「他不是發瘋，他本來就是這樣一個人！」

穆秀珍用奇怪的眼光望著雲四風。

雲四風嘆了一口氣，道：「說來可話長了，他其實根本不是叫沙炳興，他的本名叫孟廷棟，穆小姐，你可曾聽到過這個名字麼？」

「孟廷棟，孟廷棟……」穆秀珍念了幾遍，她覺得這個名字十分熟，可是她卻只是覺得熟，而想不起那是什麼人來。

她的記憶力究竟是比不上木蘭花。木蘭花在一看到了「雲旋風」這個名字之後，就立時叫出了沙炳興的本名「孟廷棟」來，使得沙炳興大驚失色，但穆秀珍卻就是想不起來。

雲四風又道：「他是一個著名的扒手，當他最活躍的時候，他的外號叫作『鬼手』孟廷棟——」

雲四風才講到這裡，穆秀珍已「啊」地一聲，叫了起來，道：「我知道了，他是『鬼手』孟廷棟，是當年最著名的四大扒手之一——」

穆秀珍突然住了口，她望著雲四風，遲疑了一下，道：「四大扒手之中，有一個好像是姓雲的，叫作雲旋風，是不是？」

雲四風點了點頭，道：「那是先父。」

穆秀珍興奮起來，道：「這樣說來，你們是早就認識沙炳興的了，是不是？沙炳興，不，孟廷棟一定有許多對不起你們的事情？」

雲四風的臉色變得沉鬱了，他慢慢地踱了幾步，道：「如果不是我大哥昨天遭到了意外，我們早已將一切經過來講給蘭花小姐聽了。」

「講給我聽也是一樣的啊！」穆秀珍忙道。

「可是大哥太忠厚了，他在來見木蘭花小姐之前，卻還準備再去見老賊一次，只要老賊肯照我們的意思去做，就仍然替他保守秘密——」雲四風仍然自顧自地說著：「我們都勸他不要去，果然，他幾乎沒有命回來，他中了老賊的暗算！」

「害得我們等了你們一整天——」穆秀珍講到這裡，猛地一伸手在雲四風的肩頭上拍了一下，道：「我知道蘭花姐和高翔是到什麼地方去了！」

雲四風忙問道：「什麼地方？」

「一定是沙炳興的家中！」

「你怎麼知道？」雲四風的神色十分緊張。

「一定的，本來，我們以為你們一來，事情的真相就可以大白了，可是你們卻失了約，蘭花姐當然要去尋找新的線索，那自然是到沙炳興的家中去了！」

「糟糕！」雲四風失聲叫了起來。

「為什麼？」

「唉，你不知道，這老賊十分奸滑，而木蘭花和高翔又不知道他究竟是怎樣的一個人，一定會上他的當，吃他虧的。」

「你怎麼知道？」

「唉，穆小姐，你想想，木蘭花小姐去了很久了，是不是？她沒有回來，可是這老賊卻來了。」雲四風道：「這說明了什麼？」

穆秀珍也呆住了，道：「那我們快去！」

「我先打一個電話。」雲四風撥動了電話鍵盤，他向電話中講的話，穆秀珍一句也聽不懂，毫無疑問，那是扒手行中的切口了。

雲四風放下了電話，神色十分緊張，道：「穆小姐，我們伏在沙炳興住宅附近的人，的確看到高翔和木蘭花兩人偷走進去了。」

「結果怎樣？」

「不知道，但沙炳興出來了，他們兩人卻沒有出來。」

穆秀珍呆住了道：「那麼，他們出事了？」

「穆小姐，光著急是沒有用的，」雲四風催促著，一面將他被穆秀珍搜出來，一直放在咖啡几上的東西，全收了回去，「你快去準備一下，我們一起去。」

穆秀珍以極快的步伐奔上了樓梯。

四分鐘後，她已奔了下來。

穆秀珍將車子開得十分快。

本來，他們已知道高翔和木蘭花可能出了事，心情應該是十分緊張的，但是雲四風不斷地在稱讚著穆秀珍的駕駛術高明，又將穆秀珍的機智、靈敏誇獎了一番，令得穆秀珍心中十分高興，緊張的情緒當然也被沖淡了不少，車子也駕得更得心應手。

在快到市區之際，路邊有兩條人影竄了出來。

那兩人的身手十分矯捷，雲四風叫道：「停車！」

穆秀珍陡地剎住了車子，那兩個人已跳上了車，穆秀珍回頭看了一眼，看出那兩個人是雲二風和雲三風，穆秀珍不好意思地向他們打了一個招呼。

兩人卻是滿面笑容，道：「四弟，五弟還是怕羞！」

穆秀珍聽得幾乎笑了出來，道：「你們老五這樣怕羞，過幾天，我非得介紹一個潑辣的女朋友給他，讓他吃吃苦頭！」

雲家三兄弟都笑了起來。

8 四大鬼手

三十分鐘後，車子已接近沙炳興的住宅了！

在離開沙宅一條街處，穆秀珍停下車子，道：「我們是硬進去，還是悄沒聲地潛進去？」

「我看還是別讓老賊知道的好。」雲四風想了想，道：「因為你也已經和他翻了臉，如果再公然去見他，一定會吃虧的！」

穆秀珍點了點頭，四人一起出了車子，迅速地奔過了一條街，來到了沙宅的圍牆之下，貼牆而立，雲二風自懷中取出一節鐵桿來，不斷地拉長著。

那節一呎來長的「鐵棍」，本來是有一握粗細，但是拉長了變成十幾呎長之後，頂端最細的地方，卻只有一枝鉛筆粗細。

頂端的鉤子搭在圍牆上，雲二風首先爬了上去，緊貼著的是雲三風，然後是穆秀珍，最後才是雲四風，四人到了牆頭上，蹲了下來。

花園黑沉沉地，屋子中也是黑沉沉地，穆秀珍低聲道：「看樣子不像有人，我們到什麼地方去找尋蘭花姐和高翔呢？」

「不怕，」雲四風回答，「我們對這幢屋子的一切瞭若指掌，因為我們有這幢建築的藍圖，只要木蘭花小姐在，我們一定可以找得到的！」

穆秀珍點了點頭，雲二風已將那節梯收了上來，又放在懷中，然後道：「我們一個一個跳下去，穆小姐，你跳得下去麼？」

「當然跳得下！」她身形一縱，已向下跳了下去！

雲四風連忙跟在她的後面，而在他們兩人著地之後，又傳來兩下輕微的「啪啪」聲，那自然是雲二風和雲三風也跳下來了。

穆秀珍低聲道：「走，我們向——」

穆秀珍只講了三個字，意想不到的變化就發生了！

首先，是一陣大聲的呼喝，那一陣的呼喝聲，至少是一百個以上的人所發出來的，這一下呼喝聲，令得他們四個人陡地吃了一驚！

可是，比起接著所發生的事情來，那一陣呼喝聲令他們吃驚的程度，實在不算什麼！

隨著那一陣呼喝，他們眼前，陡地大放光明！

花園之中，本來是十分黑暗的，黑暗得幾乎不能看到幾呎之外的事物，可是剎那之間卻明亮得如白天，而且光線像是集中在他們的身上一樣。

他們立時想到：那是探射燈！

就在他們立時想沿著牆奔了開去之際，他們聽到了槍機的拉動聲，和好幾個聲音同時喝道：「別動！你們被包圍了！」

他們四個人站定了身子。

他們之所以站定身子，並不是由於聽到了那一聲警告，而是他們在那片刻間，已看清了四周圍的情形，他們是實在難以逃得出去的！

在他們的身前，約有一百多名警員，排成了一個半圓，每一個警員的手中，全是荷槍實彈的。四輛裝有探射燈的警車，正將探射燈的光芒，集中在他們四人的身上，在這樣的情形之下，他們四人一時之間也難以明白究竟發生了什麼事。

而當穆秀珍看到了圍在他們周圍的乃是警方人員之後，她也定下神來，向前走出了兩步，叫道：「這是怎麼一回事？是誰帶隊的？我是穆秀珍！」

穆秀珍的話並沒有得到任何回答，卻聽得在警員之後，響起了沙炳興沙啞的聲音道：「方局長，賊人已經自投羅網了，你為什麼還不實行逮捕？」

方局長遲疑道：「這個……這個……」

穆秀珍連忙循聲看去，只見沙炳興和方局長站在一輛警車之旁，沙炳興正指手劃腳，聲勢洶洶地在質問著方局長，而方局長則滿臉都是為難的神情。

他們兩人的身邊，則有十六七名記者在。

沙炳興的聲音越提越高，道：「方局長，警方的責任，便是保護市民的生命財產，現在這三男一女私進民宅，莫非他們是可以逍遙法外的特權人物麼？請你回答我這個問題！」他一面說，一面向他身後的幾個記者，揮了一下手。

那幾個記者連忙拿起小本子來，準備記錄方局長的講話。

方局長轉過頭，向穆秀珍望來，嘆了一口氣，道：「秀珍——」

他才叫了一聲，穆秀珍已是怒不可遏地叫道：「沙炳興，孟廷棟，你這老奸巨猾的老賊，你——」

可是，穆秀珍的話還未曾講完，雲四風已大踏步來到穆秀珍的面前，攔住了穆秀珍的話，道：「方局長，是我們兄弟三人要對沙炳興不利，事情和穆小姐是無關的！」

穆秀珍一聽雲老四要開脫她，忙道：「不行，我們四個人一起來的，要坐牢，我們四個人自然也一起去，我為什麼要例外！」

「嘿嘿嘿……」沙炳興不斷地奸笑著：「方局長，你聽到了沒有？在如今這樣的情形下，如果你還不實行拘捕，明天的報紙上，嘿嘿……」

方局長的身子，陡地震動了一下！

他並不知這件事的來龍去脈，這四輛警車的警員，和探射燈的設備，以及他自己，是他接到了沙炳興的緊急請求之後趕到的。

而在趕到沙宅之後，也是依著沙炳興的要求，在黑暗中埋伏的。

當時，方局長也知道有大批的記者在場，但是他只當沙炳興有了關於「旋風神偷」的情報，要警方來埋伏拿人的，他做夢也想不到，當探射燈大放光明時，連穆秀珍也在其中！

這時的情形，是對穆秀珍極其不利的，方局長當然知道，有穆秀珍在內，事情一定另有曲折，正義的一方，必然不是沙炳興。

可是，這二十名記者都在場目擊，而沙炳興又是一個在社會上極有地位，財富的數字大得驚人的大人物，如果這樣的情形下，他竟不下令拘捕穆秀珍和那三個男子的話，沙炳興只好發怒，但明日報章上一宣揚，方局長的職位自然難保了！

他個人局長的職位保不住是小事，整個警界的聲譽受到無可挽救的失敗，那卻是一件十分重大的大事了，這時候，在沙炳興的冷笑聲中，方局長實在為難之極！

一時之間，每一個人的目光，都集中在方局長的身上。

那自然是所有的人，都在等候方局長的決定！

可是方局長卻是難以作出決定來。

這樣一直拖下去是不行的，他總得有一個決定。

汗水已開始從他的額上滲了出來，也就在此際，穆秀珍叫了出來，道：「方局長，你將我們拘捕好了！」

雲四風就在穆秀珍的身後，他也以十分鎮定的聲音道：「方局長，你可以先將我們帶回警署去，在警署中，我們自然會將一切內幕講出來的！」

他講完之後，還向記者群招了招手，道：「各位記者先生，我所說的內幕，非常有新聞價值，希望你們不要錯過。」

沙炳興的面色鐵青，又叫道：「方局長！」

方局長無可奈何，只好嘆了一口氣，向兩個警官打了一個手勢，那兩個警官連忙替雲家三兄弟戴上了手銬。

可是當他們來到了穆秀珍身邊的時候，他們都不禁猶豫了起來，還是穆秀珍自己伸出了雙手來道：「法律之前人人平等，你們別客氣。」

兩個警官忙低聲道：「穆小姐，別怪我們！」

穆秀珍爽朗地一笑，道：「不會的！」

「喀」地一聲，手銬銬上了穆秀珍的手腕。

沙炳興冷笑了一聲，道：「方局長，將這四個賊人帶回去之後，希望你好好地審問！」

方局長這時心中實在是十分疑惑，因為有穆秀珍在內，事情之另有曲折，那是毫無疑問的事了，據那男子說另有內幕，可能是對沙炳興十分不利的，何以沙炳興竟這樣鎮定呢？

方局長是一個經驗十分老到的警務人員，他一生貢獻給警務工作，自然有著極高的警惕性，這時，他心中已然想到事情有些蹊蹺了。

他吸了一口氣，說道：「多謝你，我們要收隊了！」

那兩個警官將雲氏兄弟和穆秀珍押上警車，方局長也上了同一輛警車，他在穆秀珍的身邊坐了下來。在車子開動之後，他才道：「秀珍，你們所說的內幕，可是對沙炳興不利的麼？」

「當然，絕對不利！」穆秀珍揚了揚眉毛，「別看他神氣，內幕一公佈了出來，他在社會上將不能有立足之地了！」

方局長的心中又是一凜，他緊皺著眉頭，道：「那麼他何以那樣鎮定，還說要將你們帶回警署去好好地審問？他為什麼竟要做對他自己不利的事情？」

方局長這幾句話，像是在問別人，也像在自言自語。

警車在迅速地前進著，車中並沒有沉默多久，便聽得雲四風道：「老賊的心腸極其狠毒，我認為，他已準備在半路上謀殺我們！」

「那是不可能的，」方局長搖著頭，「他如何下手？」

「襲擊警車！」雲四風簡單而有力地回答著。

方局長陡地一凜，一手抓起了無線電對講機，道：「停止前進，派出兩小隊警員，去前面進行搜索，看是否有人——」

方局長「埋伏」兩字還未曾出口，只聽得「轟」「轟」兩聲巨響，在路中心發生了爆炸！

爆炸的地點是在方局長他們所乘的警車之前，約莫二十碼處，如果他們不是及時停下了車的話，爆炸幾乎可以在車頂發生！

這時，爆炸的氣浪，也令得車子陡地震動了起來，方局長疾聲道：「伏下！快，解開他們的手銬，各警車警員，下車，散開！」

在兩下爆炸過後，輕機槍的「軋軋」聲，挾著子彈的呼嘯聲，已經自峭壁上襲了下來。有一輛警車已經中彈起火了！

可是方局長還是十分鎮定地在車中指揮。

警員的還擊也立即開始，一個警官走到雲家兄弟和穆秀珍身邊，可是他們四個人卻一起舉起手來，道：「不必解手銬了，看！」

原來他們四個人的手銬，早已脫去了！

而他們事先顯然是沒有約好的，是以這時，四個人看到各自都已解去了手銬，不禁相視一笑，穆秀珍一伸手，就將那警員的槍奪了過來，一伏身，出了車廂，便向上射了兩槍。

雲四風緊跟在她的身後，道：「穆小姐，小心一些！」

穆秀珍一出了車廂，便看到情形對警方是不利的。

襲擊的人，高居在峭壁之上，從峭壁上的火舌看來，他們一共有四支機槍，他們居高臨下，一輛警車起火在焚燒，火光熊熊，等於使警員暴露了目標，警員只好靠車子做掩護來進行還擊，而四具探照燈早已給子彈射得千瘡百孔，不能用了！

這時候，一百多名警員的去路和退路都被截斷，他們等於被困在這裡了，而峭壁上的火舌不斷地噴著，受傷的警員在不斷地增加中。

看來，除了有人攀上峭壁去解決那四挺機槍，是沒有別的辦法了！

穆秀珍靠著一輪槍火的掩護，來到了方局長的身邊。

堅持在無線電之旁指揮的方局長，手臂被流彈擦過，用手巾綁著，他正在不斷地和總部聯絡，要總部派出直升機來。

穆秀珍道：「局長，我上峭壁去收拾他們！」

「不行，太危險！」方局長斬釘斷鐵地拒絕。

「那怎麼辦？我們就這樣被困在這裡了麼？」

「我已經和總部取得聯絡，四架直升機已奉令出動，匪徒是萬無倖免的，我們堅持守下去，一定勝利，唉，怕只怕沙炳興知道事情敗露，會逃走了！」

「我回沙宅去！」穆秀珍又自告奮勇。

「這……你可得小心！」

穆秀珍大聲道：「有數了！」

她一個轉身，又跳下了車廂，雲四風迎前一步，道：「我們一起去！」

雲二風和雲三風一起「哈哈」一笑，他們四人的身手靈活已極，猛地又滾又跳，越過了路面，來到了峭壁之下，那是從峭壁上射下的子彈所射不到的死角！

但是他們必須緊緊貼著峭壁前進，否則就十分危險，他們打橫，迅速地向前移動著，上面的匪徒似乎也知道有人在移動，子彈在他們面前兩三呎處，不斷地掃射著，沿著他們經過的地方，地上幾乎出現了一條連續不斷，由子彈射成的深溝！

他們四人終於離開了百來碼，他們拔足飛奔，一路上幾乎沒有休息，好在激戰的地方，離開沙宅並不是太遠，不多久，他們便奔到了沙宅大門口，迅速地翻了進去。

一進鐵門，只見大廳中燈火輝煌，四人直衝了進去，雲四風連發兩槍，打開了門，推門進去。

他們才一進門，便呆住了，大廳中，有許多人，包括那批記者。

沙炳興坐在正中，站在沙炳興背後，手肘靠在沙發上面的，是高翔，而坐在沙炳興對面的，卻赫然是女黑俠木蘭花！

木蘭花和高翔被黑煙薰昏過去之後不久，又醒了過來，他們一躍而起，發現他們仍然是在那間房間之中，但是沙炳興卻已不在了！

木蘭花和高翔兩人連忙下了那道大梯，到了那道暗門之前，可是暗門卻已被鎖上了，那自然是沙炳興離去之際鎖上的。

高翔可以輕而易舉地從外面將門打開來，可是如今他們是被反鎖在裡面，要打開這扇門，卻是無從著手的。

木蘭花忙道：「去看看那柄火箭槍還在不在！」

高翔連忙又衝了上去，可是他卻找不到那柄火箭槍，他探頭下來，叫道：「沒有，那柄槍一定已被沙炳興帶走了！」

「那麼，」木蘭花吸了一口氣，「我們得另找出路了！」

她慢慢地走下木梯，又來回踱了幾步，抬頭向上看去。她的頭頂上是屋頂，她可以看得到的是一層一層防水的油氈。

在油氈之上，自然是瓦面了。

而如果揭開瓦片的話，他們當然可以出去了。

木蘭花一抬頭向上望去之際，高翔也已想到這一點了，他抬起腳來，在鞋跟的一個掣上按了一按，「唰」地一聲，抽出了一柄鋒銳的小刀來。

木蘭花也在同時除下了她的頭箍，在頭箍之中，抽出了一柄同樣鋒銳的小刀來，兩人相視一笑，回到了那間房間之中。

他們開始用小刀去切割瓦片之下的柏油氈，那種防水的柏油氈十分厚，每一層有一英吋，而且有兩層厚，堅韌而難以切割，他們兩人花了很大的工夫，才算是割下了兩方呎大小的一個洞來，那已足夠使他們兩人的身子鑽出去了。

木蘭花輕輕地頂開了大塊的琉璃瓦，探出頭，向下看去。如果他們能夠早半小時完成這項工作，那麼他們一定還可以看到花園中熱鬧情形的。

這時，警車已離去了，木蘭花只看到客廳中有燈光傳出來。木蘭花的身子穿出了屋頂，屋面的琉璃瓦十分滑，要非常小心，才能不滑跌下去。

木蘭花出來了之後，伏在瓦面上，等高翔也出來了，他們才手拉著手，慢慢地向下滑去，終於，他們抓住了屋簷，縱身躍到了陽臺上。

然後，他們輕而易舉地打開了門，來到了走廊，順著樓梯，直衝進了大廳中。

他們兩個人的突然出現，是完全出乎意料之外的！

沙炳興正在大廳中，吩咐著那班受他控制的報紙，如何攻擊警方，木蘭花和高翔的突然出現，使得他軟癱在沙發上！

高翔連忙來到了他的身後，監視著他的行動。

而木蘭花則老實不客氣地，在他的對面坐了下來。

那一干記者全然不知道發生了什麼事，正在相顧愕然間，雲家兄弟和穆秀珍，也在這時候突然衝進了沙宅的大廳！

穆秀珍一看到木蘭花和高翔，心中高興之極，而高翔和木蘭花也頗覺意外，雲家兄弟一個箭步，來到了沙炳興的周圍站定。

沙炳興的面色更蒼白了。

一個記者還在不識趣地問：「沙翁，這是怎麼一回事？」

沙炳興並沒有回答，木蘭花已然道：「沙先生，我想你很想這些記者快一些離開，是不是？」

「是……是的。」沙炳興的聲音很苦澀。

「請！」高翔代下了逐客令。

那十來位記者，個個滿腹狐疑，但是在這樣的情形之下，卻又不敢不走，記者一走，穆秀珍便嚷了起來，道：「蘭花姐，這老賊埋伏了兩個地雷，四挺機槍，想要謀殺我們和百多名警員！」

木蘭花吃了一驚，道：「現在怎樣了？」

「幸而方局長早幾秒鐘下令停車，才未曾遭了他的毒手，現在，已經派直升機去對付在峭壁上的那四個狙擊手了！」穆秀珍得意地一笑，「老賊，你完了！」

沙炳興的身子，在沙發中劇烈地發著抖。

好一會，才聽得他道：「你們沒證據，沒有證據！」

「不管有沒有證據，我們將這一切全公佈出去，看你以後怎樣做人，看社會上怎樣對付你！」木蘭花一字一頓地說著。

沙炳興臉上的神色，又轉得倔強起來。

木蘭花立時又道：「而且，你當年吞沒的那筆巨款，是屬於什麼人的？這些人有不少還在，你有把握可以應付得了他們麼？」

沙炳興完全崩潰了，他的口唇抖動著，但卻發不出聲音來。

穆秀珍「噢」地一聲，道：「雲先生，他可是吞沒過你們的巨款？」

「不，不是我們的。」雲四風回答。

「這又是怎麼一回事？」穆秀珍給弄糊塗了。

「沙先生，」雲四風向沙炳興滲過頭去，「可要說麼？」

「沒有證據，沒有證據！」沙炳興喃喃地說。

「三位，」雲四風向木蘭花、高翔和穆秀珍望了一眼，「先父與這個孟廷棟，全是『扒』字行中的老前輩了，老一輩的扒手，也是講義氣的，不扒窮人，更要劫富濟貧，還有兩位大叔，也是名頭響亮，江湖上人稱『四大鬼手』！」

穆秀珍聽得十分有趣，木蘭花和高翔則是早知道的。

「十多年前，」雲四風繼續說著：「他們四人全都收山不做了，恰好那時，正是世界局勢起著極大變化的時候，烽火連野，有七個幫會準備撤退，這七個幫會有一筆為數相當大的金塊，交給先父等四人，請他們四人運到本市來。」

雲四風的聲音變得激動了：「可是，從此之後，先父等四人便下落不明，由於局勢的動盪，那七個幫會中人也風流雲散，這件事，似乎已沒有人再追究了，但是還有我們弟兄五人，我們是早已來到了本市的，從先父的來信中，我們知道了有這件事，在我們都成人之後，對這件事展開了精密的調查，發現本市著名的大富豪沙炳興就是孟廷棟！」

雲四風講到這裡，略頓了一頓。

「事情很明顯了，」高翔接口道：「一定是他害死了那三個人，他吞了這筆巨款，改名換姓，用這筆錢起家，成了大富翁！」

「就是這樣。」雲四風下了結論。

一時間，所有的眼光又集中在沙炳興的身上。

「沒有證據！」沙炳興還在嘴硬。

「嘿嘿，」雲二風突然冷笑著，揮起手來，「啪」地在沙炳興的臉上摑了一掌，「老賊，你的末日到了，還在口硬。」

那一掌將沙炳興摑得口角鮮血直流。

也就在這時，方局長已帶著大隊警員趕到，直升機一飛到，四名匪徒喪生，戰鬥便解決了，木蘭花立時走到方局長的身邊，低聲講了幾句。

方局長命所有的警員和警官退出去，只留他一個人在，然後，木蘭花才轉過身來，道：「沙先生，以前的事，的確是沒有證據了，但是現在的事呢？你指使人去襲擊警車，謀害本市警察局長，這卻是有證有據的，你以為你該入獄多少年？」

沙炳興雙手抱著頭，發出嗚嗚的聲音來。

「我看，我們得好好談一下條件了！」木蘭花冷冷地道：「不知道沙先生你可有興趣麼？我們的條件，必須全部答應。」

沙炳興面色蒼白地抬起頭來，點了點頭。

四十分鐘之後，木蘭花、方局長、高翔、穆秀珍和雲氏三兄弟，一起走出了大廳。

偌大的一個大廳，只有沙炳興一個人坐著。

雲氏三兄弟在石階上站著，用十分欽佩的眼光，望著木蘭花，道：「蘭花小姐，你的辦法太好了，我們實在太蠢了，竟要去以身試法，他的財產如此龐大，我們就算要偷，也是偷不完的，反倒給他以對付我們的口實！」

木蘭花謙虛地笑了笑，道：「三位過獎了，你們的設計也是十分佳妙的，可惜用來對付沙炳興這種大奸大惡的人，不是很適宜！」

「還說他們的辦法好？」高翔抗議著，「我差點給他們撞死！」

「那是二哥的主張，他最激烈！」雲三風道。

「那也怪不得我，誰知道事情真相一揭露，高主任和木女俠會完全站在我們這一邊？」雲二風不服氣地反駁著。

「喂，還有，」穆秀珍道：「你們是用什麼法子，將匡副探長和那個警員嚇成那樣子的？」

雲四風轉過頭去，又突然再轉過來，道：「用這個！」

穆秀珍向他臉上看了一眼，便忍不住尖叫了起來！

雲四風的臉上，戴了一個面具，那面具並不是青面獠牙，而是使雲四風變得十分瘦削，像黃蠟做成的人一樣，一點生氣也沒有，十分可怖！

穆秀珍尖叫了一聲之後，又道：「可是……可是他們全說你會飛，那又是怎麼一回事？你扮成了鬼，總不成真的會飛！」

「我真的會飛！」雲四風突然伸臂抱住了穆秀珍。

接著，突然之間，他和穆秀珍兩人便飛了起來，他們飛得離地有六七呎高，雲四風哈哈笑著，穆秀珍驚訝地叫著。

木蘭花讚嘆地說道：「一具極精巧的個人飛行器！」

「是的，」雲二風道：「四弟是一個科學天才！」

雲四風和穆秀珍越飛越高，飛出圍牆去了！

第二天，幾乎全市的報紙上，都登載了同一個消息，消息稱，沙氏機構總裁沙炳興突然宣布退休，而組成一個董事會，來接替沙炳興的工作。

董事會的成員有五個，他們的名字是：雲一風、雲二風、雲三風、雲四風和雲五風。他們五人組成的董事會，對於沙氏機構屬下的企業、報社、銀行，將有絕對的控制權。

這是震動商業界的大新聞。這也是木蘭花向沙炳興提出的條件，唯有這樣，才可以使沙炳興的財產轉移，用於正途。

新的董事會在記者招待會上，宣佈沙氏機構要成立許多學術研究組織，興建許多平民醫院，增辦許多免費學校，總之，所有的純利，全都用在對公眾利益有關的地方！

沒有什麼人再記得守財奴沙炳興了。

市民全為他們可得到很大的利益而奔走相告！

只有穆秀珍，似乎不很高興，因為雲四風對她太好了，而她的未婚夫馬超文，學業已完成，就要回來了，她破天荒第一次在感情上有了煩惱！

牧羊人口訣

1 惡耗

坐在那豪華之極的大廳中，穆秀珍不舒服到了極點。

而更令得她不舒服的，便是那件裁剪得十分合身的長衫，那種過分斯文的裝束，和穆秀珍是極其不相配的，她覺得那幾乎不是一件衣服，而是一件囚衣。而她如今既然穿了這樣的一件衣服，當然和坐牢差不多！

只不過所有的一切，比起那麼多對準了她的目光，和那些竊竊的私語，聽不清在講些什麼，但是又明知是在對她評頭品足來，卻都可以忍受的了。

穆秀珍的心中嘆了一口氣——這已是她第十六次嘆氣了，沒有辦法，為了馬超文，她應該忍受一些，不要出他的醜。

穆秀珍如今，是在馬家的大客廳中。

馬家是本市的富豪，是世家，凡是那樣的家庭，總是有許多數不清的親戚的，什麼三姨媽，表姑姐，大姑媽，六叔婆的，穆秀珍早已聽得昏頭昏腦，根本記不得那麼多，她只是看得到，在這大廳中的人，至少有五六十個之多，全是親戚。

今天，是一個相當重要的日子。

對於穆秀珍來說，今天的日子尤其重要，因為今天是馬超文學業成功，得到了外國一家大企業高級工程師的聘書，載譽歸來的日子。

她將和這些人，一起到機場去迎接馬超文，然後，再回到這大廳來，屆時，將會有更多的客人，而馬超文就會當眾將一枚訂婚戒指套在她的手上。

簡言之，這是穆秀珍正式訂婚的日子。

這時，還未曾出發到機場去，穆秀珍只得裝出端莊的樣子來坐著，接受各色各樣的眼光。

她又嘆了一聲——那是第十七次了，然後，她只好不斷地去想和馬超文相識的經過，來度過那段難堪的時間（馬超文和穆秀珍相識的經過，全在木蘭花傳奇4《煞星》一書中〈神秘高原〉篇）。

穆秀珍早就知道這一段時間不是好過的了，是以她曾央求木蘭花來陪她，木蘭花本來也答應了的，可是偏偏天還沒有亮，高翔來了一個電話，說是有要緊的事情，將木蘭花叫走了。

於是，穆秀珍只好一個人來這裡了。

幸而馬老太對她十分友善，而接飛機的時間又到了，她登上了那輛大房車，車廂中只有馬超文的父母和她三個人，她才鬆了一口氣。

她和馬超文不見面，已有將近一年了，他變成什麼樣子呢？穆秀珍心中不禁想著，她芳心感到絲絲地甜蜜，同時，馬超文回來，她一和馬超文宣布了訂婚，有一件近日來使得她煩惱無比的事，也可以迎刃而解，不會再麻煩她了。

那件事，便是雲四風對她的愛情。

雲四風毫無疑問是一個十分英俊、有為、機智、風趣的青年，是值得任何女孩子為他心醉的，但是穆秀珍卻拼命在逃避他。

馬超文回來了，雲四風自然不會來痴纏了。

而且，穆秀珍也計劃好了，她要馬超文放棄那份外國企業的聘書，仍然住在本市，因為穆秀珍不想離開這個美麗的城市。

在他們的汽車之後，全是各種名貴的汽車，那豪華的車隊，足有十五六輛之多，一起駛進了機場，可是，當穆秀珍才一跨下車子的時候，她便覺得機場的氣氛有些不對頭了。

所有的工作人員，都急匆匆地走來走去。

而且，幾乎所有的人，都帶有一種黯然的神色，有幾個婦人，甚至在低聲啜泣，在大堂的主要辦公室門口圍滿了人。

馬超文的父親，馬多祿紳士的企業中，就是有一家航空公司的，他當然是這家航空公司的董事長，而他在離家前，也已通知了機場的航空公司代表。

是以，當馬多祿夫婦和穆秀珍一跨出了汽車之後，立時有兩個人迎了上來，鞠躬如也，道：「馬董事長，你大駕來臨了。」

馬多祿肥胖的身子略轉一下道：「什麼事？」

他分明也看出機場的情形十分不對頭了。

「這個……」那兩人互看一眼，「這個……」

「什麼事啊，快說！」穆秀珍忍不住了。

「馬董事長，預定在半小時後到達，自歐洲來的班機，就是二少爺搭的那一班，在半小時前，突然失去了聯絡。」

「什麼？」馬夫人尖叫了起來。

馬多祿的身子也抖了起來，其餘的親友，有的驚呼，有的尖叫，本來已經亂的機場大堂，這時更亂了起來，穆秀珍道：「快，快到辦公室去！」

「讓開！讓開！」馬多祿揮動著手杖，向前直衝了出去，圍在辦公室的人，一齊讓了開來。

馬多祿用手杖敲著辦公室的玻璃門，裡面的職員連忙將門打開來，辦公室的氣氛更是緊張，傳真機在「得得」地響著，幾個職員不斷在聽著電話。

辦公室的幾個高級職員迎了上來。

馬多祿略揮著手杖道：「我兒子怎麼了？」

「不知道，馬先生，令郎和其他一百七十名名旅客，如今的命運究竟怎樣，我們無法知道，飛機在半小時之前失去了聯絡——」

高級職員講到這裡，兩個職員從傳真機前站了起來，他們的聲音在發抖，叫道：「主任，最近的消息來了，是一艘美國巡洋艦上發出的。」

那高級職員一手搶過了傳真紙。

那張傳真紙在他的手中抖著，「簌簌簌」，「簌簌簌」，而這也成了偌大的辦公室中唯一的聲音，空氣緊張得像凝結了一樣。

終於，那高級職員抬起了頭來，看他的樣子，像是想講話，可是他卻張大了口，一點聲音也發不出來，穆秀珍實在忍不住了，一伸手，將傳真紙搶了過來。

她的目光，迅速地在紙上移動著。

突然之間，她臉上的血色消失了，她的雙耳中響起了嗡嗡聲，她雙眼睜得很大，可是在她眼前的那些人影，卻開始模糊了。

終於，她的眼前，變成了一片漆黑。

她不知道自己是何時向地上倒去的，因為在她眼前一發黑開始，她便已然失去了知覺，突然昏了過去。

穆秀珍足足昏迷了二十四小時。

在這二十四小時中，報紙一共出了三次號外。

這三次號外，都是為了那一班巨型客機，從歐洲飛回本市途中，在將要到達本市之前大半小時，在海上突然爆炸而出的。

那巨型噴射客機的一切設計，全是極其完善的，而在爆炸發生的時候，恰巧有一艘美國海軍的巡洋艦在海面上航行，有一百多人是目擊爆炸發生的，甚至還有三張照片被拍攝了下來，顯示的是飛機從猛烈的爆炸之中，碎片墜落的情形。

根據目擊者的描述，機上近兩百人是絕無可能生還的，因為爆炸一發生，整架飛機都成了碎片，那當然是猛烈的定時炸彈在空中爆發的結果。

而這項新聞，在本市特別轟動，是因為機上一百七十餘名乘客之中，有著本市豪富之子，馬超文之故，再加上馬超文又是女黑俠穆秀珍的未婚夫！

這些報紙的號外，和航空公司的混亂，街頭巷尾的談論，龐大調查團的組成，這一切，躺在醫院中的穆秀珍都是看不到的。

醫院是十分恬靜的，白色的床，白色的衣服，白色的牆，幾乎一切全是白色的，在穆秀珍漸漸有了知覺之後，她睜開眼來，所見到的就是一片白色。

漸漸地，她才看到了在她的床頭，另外有兩個不穿白色衣服的人，她看清了，坐在她床頭的，是木蘭花，站在木蘭花背後的是高翔。

穆秀珍從來也不是一個愛哭的人，可是這時候，她一看到木蘭花，還未曾開口，淚水便已直湧了出來，她一面流著淚，一面哽咽著叫道：「蘭花姐！」

隨著這一聲叫喚，她的淚水出得更急了！

木蘭花只是緊緊地握著她的手，像是安慰一個小女孩子似地安慰道：「別哭，秀珍，別哭。」她一面講，一面不得不抬起頭來。

因為她自己也幾乎要忍不住了，她的淚已流了出來。

但如果這時她也哭了起來，穆秀珍只怕又要哭昏過去了！

木蘭花竭力忍著淚重複道：「別哭，別哭！」

可是穆秀珍卻一直在哭著，直到醫生來了，替她把了脈，注射了一針，她仍然在哭著，木蘭花轉過頭來，看著高翔道：「你怎麼一句話也不說呀！」

高翔吸了口氣，俯下身來低聲道：「秀珍！」

穆秀珍淚眼模糊地望著高翔，高翔嘆了一口氣，道：「秀珍，我不是來勸你，馬超文死了，他一定是死得絕無痛苦的，因為飛機一發生爆炸，立時成了碎片！」

「高翔！」木蘭花連忙阻止高翔。

可是高翔卻向木蘭花擺了擺手，繼續道：「秀珍，馬超文死了，你當然是傷心的，請相信，我們也一樣地傷心，因為他是一個極有為的青年——」

高翔講到這裡，略頓了一頓，道：「可是你想想，當美國如此傑出的總統突然被人狙擊殺死的時候，他的妻子就在他的身邊，這又是何等的悲痛？那勇敢的女人也忍受下來了，你不要哭了，你要是再哭，就比不上一個外國女人了！」

高翔的話總算有了效，穆秀珍漸漸止住了哭聲，然後她又接受了一針注射，她將自己的頭埋在柔軟的枕頭之中，在藥力發作之後，睡著了。

在穆秀珍睡著之後，木蘭花和高翔才互望了一眼，嘆了一口氣。

高翔來到病房的門口，拉開了門，門口有一個年輕人坐著。

那年輕人的手中，捧著一大束黃色的鬱金香。

他坐在門口，已有十多個小時了，他是雲四風。

高翔看到他，又不禁嘆了一口氣，道：「雲先生，你還是回去吧，在她如此傷心的時候，你出現在她的面前，是不適合的。」

雲四風的神情十分憔悴，他站了起來，道：「高先生！你這樣說是不公平的，我是她的朋友，在她如此悲苦的時刻，我為什麼不能看她？」

高翔將手按在雲四風的肩上，道：「請相信我，朋友。」

雲四風低下頭去，半晌才道：「她怎麼樣？」

「她睡著了。」

「那麼，允許我將這束花插在她床頭的花瓶中，她曾和我說過，她最喜歡黃色的鬱金香，她還說，有一天她如果到荷蘭去，一定要在黃色的鬱金香田中打滾的。」

高翔又嘆了一口氣，才道：「好吧，可是別吵醒她。」

雲四風點著頭，高翔輕輕地推開了門，雲四風走了進去，他在床前站了約有半分鐘，看他的神情，像是好幾次要開口講話。

但是他終於忍住了未曾出聲。

他只是將那束美麗的花插在花瓶中，然後，低著頭，走了出去。

木蘭花向高翔道：「你忙你的，回去吧，我在這裡陪她就可以了。」

「不，」高翔固執地搖著頭，「我要和你在一起。」

「別傻氣了！」木蘭花知道高翔的心意，所以才這樣回答他的。馬超文突然死了，這突如其來的噩耗，都使他們感到人生的無常！

也正由於他們想到了人生的無常，所以高翔才會不肯自己回去，因為他更想到兩個相愛的人要是能夠經常地聚在一起，那實在是一種極大的福分！

木蘭花雖然說高翔傻氣，但是卻也沒有再要他離去，那是因為她的心中，也有著同感之故，他們緊緊地握著手，心頭沉重。

穆秀珍是在第四天早上出院的。

當她神色憔悴，憂鬱地走出醫院的時候，實在使人難以相信，那就是活潑好動得半分鐘也坐不住的穆秀珍。

車子駛到了家中，木蘭花在穆秀珍　坐在沙發之中的時候，便將一大包東西遞給了她，道：「秀珍，這裡一共有一千零四十七封信。」

穆秀珍睜大了因為消瘦許多而看來更大的眼睛，聲音沙啞地問：「一千零四十七封信？這……這是什麼意思？」

「這是這幾天來，人家寫給你的信，本市來的信最多，但是也有許多是外地來的。記得那個長髮的阿拉伯小女孩阿敏娜麼？記得那個蛙人部隊的隊長麼？記得納爾遜麼？幾乎世界上每一個角落，都有信寄來給你，我看，你這一千多封信，也有好幾天看了！」

穆秀珍皺了皺眉道：「誰耐煩看那麼多信。」

「你必須看，秀珍，不管寫信給你的人，你是不是認識，但是你都要看，因為寫信給你的人，都是關懷你，安慰你，鼓勵你的。」

「有那麼多信，看來，我倒像是一個風雲人物了！」穆秀珍掠一掠頭髮，發出了悽然的一笑，令木蘭花和高翔兩人看了心痛。

穆秀珍果然依照木蘭花的勸導，開始拆閱這些信件，她漸漸地為信中懇切的關懷感動了，每一封信，她都至少讀上兩遍。

在那些信中，她知道自己好幾次出死入生，和歹徒匪黨作對，是得到廣大的人支持的，這些人平時不出聲，但一旦當她遭到了巨大的悲痛之際，卻都給予她無比精神上的支持！

木蘭花看到穆秀珍已被那許多信所吸引，她才鬆了一口氣，向高翔使了一個眼色，兩人慢慢地向花園之中走去。

一出客廳，木蘭花便問道：「這兩天，你不是以本市警方高級人員的資格，也參加了飛機失事調查團麼？可有什麼結果？」

高翔回頭向客廳中看了一眼，看到穆秀珍坐在沙發上，幾乎一動也不動的背影，才滿臉悲憤地道：「有，最近的一次會議中，已經由某國的代表證實了一件事，他們國家的一個高級情報人員也在這架飛機上，相信定時炸彈是為了對付那個情報人員的。」

木蘭花緊緊地咬著牙，道：「可是卻害了將近兩百人！」

「是的，放定時炸彈的人也太卑鄙了，那個高級情報人員，曾在中東活動，他是帶著一份極其重要的文件在身邊的。」

「文件的性質怎樣？」

「和石油的紛爭有關。」

「那麼，就是說，放置定時炸彈的，是那國家敵方的特務了，是不是？有關方面有沒有就這一件事做出進一步的調查？」

「有的，調查正在進行中，一個龐大的潛水團，正在失事飛機的墜毀地點，搜尋飛機的碎片，但是調查團中，那個國家的代表卻認為事情不會是敵對國家的特務親自所為，而是他們委託了『小孩』進行的，因為事前幾乎毫無線索可查。」

木蘭花呆了呆道：「什麼意思？『小孩』？」

「是的，我也是第一次聽到這個名稱，『小孩』是由英文『ＫＩＤ』這個字而來的，而『ＫＩＤ』是『Kill in dark』三個字的第一個字母，這個組織，專在神不知鬼不覺之中，用各種各樣的方法殺人，他們雖然掛著一個動聽的名稱，但卻是一個暗殺組織！」

木蘭花深深吸了一口氣，道：「低聲些。」

高翔會意地點了點頭。

因為他們兩人這時的交談，如果給穆秀珍聽到了，那麼穆秀珍一定要去找那個「小孩」暗殺團算帳，而以她如今的精神狀態而言，是不適宜如此的。

高翔又道：「這個暗殺團的活動範圍不廣，大都在中東一帶，你還記得班奈克這個人麼？」

「當然記得，我和秀珍幾乎死在他手中的！」（請閱木蘭花傳奇8《透明人》〈殺人獎金〉一篇。）

「那個國家的代表說，班奈克也曾是『小孩』中的一員，簡言之，『小孩』中，每一個人都是暗殺的專家，但是人數卻也不會太多。」

「他們在中東方面活動……」木蘭花立時想起了她的阿拉伯朋友薩都拉來，薩都拉是一國總理，或者有「小孩」的資料。

高翔像是知道木蘭花在想些什麼一樣，他搖著頭，道：「蘭花，這個『小孩』，比任何團體更隱秘，大約有二十個以上的情報機構，正在想知道他們的秘密，但至今為止一點結果也沒有，所以……有關調查團的事，最好別再向秀珍提起了！」

木蘭花點了點頭，就在這時，忽然聽得穆秀珍高叫了起來，道：「蘭花姐，高翔，你們快來看啊，看阿敏娜送了什麼給我！」

木蘭花和高翔連忙奔了進去，只見穆秀珍的睫毛之上仍然有著淚水，可是她臉上，卻有幾天以來第一次真正的笑容。

她的手中，拿著一張慰問卡。那張慰問卡是自製的，卡上畫著一個人，正在哭，那是小孩子畫的，在哭的人的樣子十分好笑，而在那哭的女人之旁，則是貼上去的一張相片，相片是一個長髮阿拉伯小女孩，指著那畫的女人，旁邊有一行字，道：「再哭，我就要笑你了！」

木蘭花和高翔兩人也看得笑了起來。

可是，穆秀珍在跟著他們笑了幾聲之後，便突然停止了笑聲，放下了卡片，道：「蘭花姐，飛機為什麼失事的，有調查結果麼？」

「沒有，」高翔搶著回答：「只知道是突然發生了爆炸，由於零星的殘骸一起跌進了海中，蛙人正在打撈，還未曾有結果——」

高翔本來是想竭力令穆秀珍不要再想這件事情的，是以他將自己所知道的一些事，也全都瞞了起來不說，卻想不到他還是說漏了嘴。

他才講到這裡，穆秀珍便站了起來，道：「我去！」

她在說「我去」兩個字的時候，神態十分之堅決，這倒令得木蘭花和高翔兩人盡皆一呆，道：「你去？你去什麼地方？」

「我去參加蛙人的打撈工作！」

木蘭花嘆了一口氣，道：「秀珍，別胡鬧了，飛機一爆炸，便成了碎片，在海中其實也找不回什麼來了，你去找什麼？」

穆秀珍的聲音十分低沉，但也十分堅定，道：「我不知道我去找什麼，或許，我可以找到一些碎片，有助於調查工作的進行！」

她略停了一停，又道：「超文死了，我總要為他做些什麼，我……難道就坐在家中，讀這一千多封信來打發日子麼？」

穆秀珍講到這裡，門鈴聲響了。

他們三人一起轉過頭去，雲四風又捧了一大束黃色的鬱金香，站在門口。

木蘭花向穆秀珍望了一眼，道：「他是來看你的，讓他進來？」

穆秀珍站起身來，向樓上走去，道：「你們招待他罷，我……不想見他，我不想見任何人，你們也別來打擾我，讓我一個人靜一會！」

她奔上了樓梯，在木蘭花和高翔兩人聽得她關上了房門的聲音之後，才去開鐵門，讓充滿了希望，但立時又失望的雲四風走進來。

穆秀珍離開自己的臥室，只不過五天，但是在這五天之中，似乎一切都變了，她坐在梳妝鏡前，看著自己消瘦的臉，在怔怔出神。

她的心中只在想著一件事：我要為超文做些什麼，我一定要做些什麼，我可以說是世界上最好的潛水專家之一，我有好幾個國家發出的潛水記錄的證件，我可以去參加尋找飛機殘骸的工作，使得飛機失事的真相，早日大白於天下。

穆秀珍的心中，充滿了這樣的想法。

終於，她站了起來。

她以最迅速的動作，將一切需要帶的東西帶在身上，然後拉開了房門，但是，她只將門拉開了幾吋，便立時改變了主意。

她將門輕輕地關上，而改從窗口中爬出去，她落地之後，打開了後門，沿著一條小路迅速地奔了出去，到了通向市區的巴士站上。

半小時之後，她出現在一幢大廈的頂樓，那是飛機失事調查團的臨時辦公室，她出現的時候，調查團的成員正在開會。

由於她的堅決要求，她幾乎是直衝進去的。

十幾個各個不同國籍的調查代表，都以極其驚詫的眼光望著這個不速之客。

本市的代表是認識穆秀珍的，他連忙站了起來，道：「各位，這位是穆秀珍小姐，穆小姐的未婚夫……就在失事客機之中罹難的，穆小姐，請坐，請坐。」

穆秀珍並沒有坐下，她只是望著會議桌上所放的那種巨型客機的模型，問道：「各位，你們認為在經過爆炸之後，飛機的殘骸還有多少可以留下來呢？」

花白頭髮的主席道：「小姐，對你的事，我們……」

穆秀珍打斷了他的話頭，道：「請你回答我的問題！」

一個專家道：「當然，不論爆炸多麼劇烈，總是有許多碎片、物件留下來的，但是這些物件，大都沉在海底下了，要尋找它們，是十分困難的。」

「有沒有去尋找？」

「當然有，」主席回答：「我們已聘請了本市的蛙人，還正在聘請各地著名的潛水專家來參與這件事，好幾個專家已經啟程了。」

穆秀珍將一大疊文件取了出來，放在桌上，道：「請各位驗看這些證件，我是世界上最優秀的潛水專家之一，我自願參加這項工作！」

她又深深地吸了一口氣道：「我要立即開始！」

一個秘書將穆秀珍的證件，送到了主席的面前，其他的代表議論紛紛，過了三分鐘，主席的木鎚在桌子上敲了兩下。

主席以十分嚴肅的聲音宣布：「毫無疑問，穆小姐是極其優秀的潛水家，本調查團決定聘請穆小姐為潛水打撈工作組組長，全權進行打撈殘骸的工作！」

穆秀珍長長地吁了一口氣，道：「主席先生，多謝你的信任！」

主席向秘書示意，秘書將證件還給穆秀珍，並且拉開一張椅子，請穆秀珍坐了下來。

穆秀珍坐下之後，主席才道：「會議繼續。」

在穆秀珍的對面，一個有一頭白金色頭髮的中年男子，在略為遲疑了一下之後，站了起來，道：「我們有穆小姐參加打撈工作，那是幸事，因為我們如今幾乎已可以知道飛機失事的原因了，我們最主要的任務，應該是在打撈工作方面——」

他講到這裡，緩緩向各人看了一眼。

然後，他才道：「我以下所講的話，請各位以人格擔保，保守極度的秘密，因為這是和我國一項重大的秘密有關的事。」

每一個人都嚴肅地點著頭。

那人又道：「我國的科學家，發明了一種在油岩中，用極其簡單的方法，迅速地將石油提煉出來的辦法，這個提煉方法是可行的，但是還未十分成熟，所以由主持工作的科學家，和我國情報首長陪同，到歐洲去，去和那裡的科學家作進一步的研究！在他們啟程回國之前，我國政府接到的電報是，結果十分圓滿，他們一回來之後，我們就可以設廠，用這個新方法大量煉取石油了，估計在三年之後，我國的石油產量，就可以占全世界石油產業的一半，不幸得很，他們回國的消息洩露了——」

會議室中一片沉默。

穆秀珍尖聲叫道：「所以，就造成了飛機的失事？」

「是的，我們有理由相信是的。但是不論怎樣猛烈的爆炸，也不可能將已研究成功的新煉油方法毀去，因為它是放在一個金屬的圓筒之中，那種金屬是特殊的合金，即使在最猛烈的爆炸中，也可以保持完整，它如今，應該是在海底！」

「等一等！」穆秀珍突然站了起來。

她的面色本來是十分蒼白的，但這時卻十分紅，她喘了一口氣，道：「你的話我明白了，你們的國家要取回這金屬圓筒，而你的意思是，炸掉飛機的人，仍然想得到那方法？」

「是的，至少他們不想這方法再落在我們的手中。」

主席的木鎚又敲了起來，他道：「由於情形有了新的變化，我撤銷剛才對穆小姐的委任。」

「為什麼？」穆秀珍立時責問。

「因為這已不是單純的打撈工作，而牽涉到複雜的暗殺特務工作在內，穆小姐，我們不能拿你的生命來作冒險的。」

「你錯了，主席先生，這正是我希望的！」

穆秀珍講完這句話，又坐了下來。

主席呆了一呆，道：「穆小姐！」

穆秀珍一揚手，道：「別廢話了，我們來討論如何在海底尋找那金屬圓筒，我要求將這件事公開，可以將敵人引來。」

「那是不可能的，事實上，穆小姐，我們不必這樣做，只要打撈殘骸的消息一傳出去，我們工作的主要目的是什麼，敵人方面是一定可以知道的。」

「那麼，需要的儀器呢？」

「我們國家全力供應。」

穆秀珍在經過這次打擊之後，像是忽然成熟了許多，不但發號施令時不像過去那樣地胡鬧，而且，還十分有條理。

她望了那代表一眼，道：「好，那麼有幾件東西，是必須得到的，你們的國家沒有，也應該向有關的國家去商借挪用！」

這時候，每一個代表對穆秀珍望著的眼光，都是尊敬而欽佩的，那代表連忙取過了紙和筆，道：「穆小姐，你只管說好了。」

「兩艘快艇，要至少有機關炮的武器配備，十具個人潛行機，和一艘可以作深海航行的小型潛艇，據我知道，法國和美國的科學家都曾建造過這種小型潛艇。我還要飛機墜海地區的詳細水域資料。」穆秀珍吸了一口氣，繼續道：「當然，還有幾個助手。」

「可以的，這一切全可以做到。」

「這一切準備費時，」穆秀珍站了起來，「在這一切未曾準備妥當之前，為了爭取時間，我個人可以先展開行動的——」

穆秀珍才說到這裡，會議室的門，「砰」地一聲，被人用十分粗暴的動作打了開來，高翔像一陣風也似地捲了進來。

「你想採取什麼行動，秀珍！」高翔大聲問。

「高翔，」穆秀珍的聲音很沉重，但是也很堅定，「我是調查委員會聘請的打撈殘骸工作組組長，我的工作是對調查委員會負責。」

高翔還想對穆秀珍講什麼，可是他卻只是攤了攤手，未曾講出來，他轉向主席，道：「我反對這項聘請，穆小姍的精神，已因為愛情上受過沉重的打擊，而顯得十分不安，聘任她去領導那樣繁重艱鉅的任務，是十分不適宜的。」

「高先生，」主席沉吟了一下：「我們看看，好麼？」

高翔苦笑了一下，道：「好吧。」

「誰贊成這項聘請的，請舉手。」主席宣布。

會議室中，除了兩個人之外，每一個人都舉起了手來。

那兩個沒有舉手的，一個是高翔，一個是穆秀珍自己！

2 KID

海水闊淼無際，一艘高馬力的快艇，正在海上飛駛。

艇尖將海水迅速地劃了開來，一些因好奇而游近來的魚兒，由於快艇的來勢實在太快，快到牠們來不及游開，因而被逼得跳起了水面。

那艘快艇大約有六十呎長，有三個十分舒適的船艙，也有著近十名船員。在一個主艙中，這時有著四個人，木蘭花和高翔坐著。

穆秀珍的手中拿著一個馬表，她的雙眼緊盯著雲四風，雲四風傴僂著身子站著，將他自己的頭，浸在一隻水桶之中。

水桶中是盛滿了水的。

穆秀珍望著雲四風，也不時望著手中的馬表，她的臉上漸漸地現出了驚訝的神色，過了片刻，水桶中冒出了氣泡，發出「撲撲」聲來。

又過了片刻，雲四風突然抬起頭來，他深深地吸了一口氣，來不及將臉上的水抹乾，便問道：「時間記錄是多少？」

「兩分零三秒二。」穆秀珍回答。

「以這樣的成績，我可以參加打撈工作麼，組長？」雲四風一面抹乾臉上的水，一面用十分殷切的眼光，望定了穆秀珍。

穆秀珍退後了幾步，坐了下來，道：「這個記錄，說明你是一個優秀的潛水員，但是，我卻不想你參加打撈飛機殘骸的工作！」

「這太不公平了！」雲四風高叫了起來。

「是啊，秀珍，這太不公平了！」木蘭花和高翔也說。

穆秀珍不出聲，她只是站了起來，向艙外走去，在艙內的三個人，都看到她來到了甲板上，呆呆地佇立著，任由海風吹拂著她。

「唉，」雲四風攤了攤手，「這實在太不公平了！」

「雲先生，」木蘭花道：「你得原諒她，她在感情上所受的打擊，實在太大了，超文一死，使得她心中以為根本不願意和你在一起！」

「為什麼，我生過痲瘋？」雲四風大聲叫著，突然轉身衝了出去，他來到穆秀珍的身後，一手搭住穆秀珍的肩頭，便將穆秀珍的身子拉了過來。

高翔大吃一驚，連忙也站起身來想要衝出去。

可是木蘭花卻立即拉住了他的手，道：「別理睬他們，讓他們去，他們兩個人的心中都太不快樂了，讓他們打一場架，也是好的。」

在甲板上，穆秀珍被雲四風轉過了身子來，只見她杏眼圓睜，一手叉著腰，厲聲道：「你想做什麼？我不准就是不准。」

「你為什麼不准？」

「我是組長，我喜歡怎樣就怎樣！」

「哼，你嫉妒賢能，我可以要調查委員會罷免你！」

「你敢！」

「我為什麼不敢？」

兩人越逼越近，幾乎已是面對面了。

穆秀珍「哼」一地一聲，道：「你再囉囉唆唆，我將你拋到海中去，反正你水性好，讓你游水回去，向調查委員會投訴好了。」

雲四風針鋒相對，道：「你以為我游不回去麼？哼，只有你，在海底撈些東西，又要這又要那，我一下海，說不定就將東西撈上來了！」

穆秀珍實在太生氣了，多少天來，鬱結在她心頭的悲憤，痛苦，在那一剎間，都突然如同火山爆發也似地爆了開來！

她的身子陡地一矮，一面發出了一聲大叫，身子向前衝去，撞向雲四風，而當她一撞中了雲四風之際，她身子一挺，雙臂一振，將雲四風的身子翻過了她的身子，向後直跌了出去，她的身後就是右舵，雲四風的身子翻在空中，怪聲地叫著。

他的叫聲還未完，身子便已飛出了右舵，接著便「撲通」一聲，跌進了離快艇七八呎的海中。

快艇是在高速前進的，雲四風墜海的地方，迅速地遠了！

木蘭花和高翔一見到這等情形，心中也不禁大是吃驚，他們一起跑上了甲板，高翔大呼道：「停駛，快停駛，有人落海了。」

快艇立即停止了行駛，而且，立時兜了回來。

大海茫茫，雲四風落海的地方，是了無痕跡可尋的，只不過依稀記得而已，快艇便團著可能的地方，慢慢地兜著圈子。

本來，誰都以為雲四風一墜海，立時就會浮起來的，所以，他們還都未曾在意，雖然木蘭花用譴責的眼光望著穆秀珍，但是穆秀珍卻雙手叉著腰，眼望著天，在生她的氣。

然而，快艇很快地兜了一個圈子，時間已過去了兩分鐘，海面之上並未看到雲四風浮上來，木蘭花和高翔兩人急了起來，道：「快準備下海救人！」

穆秀珍也開始用目光在海面搜尋了。

當她聽木蘭花這樣講的時候，忙道：「不用了，我跳下去看看！」她一抬手，將長頭髮略紮了一下，一縱身，也跳進了海中。

她一跳進海中，便向水下面潛去，海水十分清澈，視線幾乎是一覽無際的，這一帶的海水，也不十分深，她立即看到了雲四風。

雲四風是在一大堆粉紅色的珊瑚叢之上，他的四肢攤開著，看來，像是他的衣服被珊瑚礁勾住了，是以不能浮上水面來。

而這種情形，是極其危險的。

穆秀珍的心中不禁焦急起來，如果雲四風竟然就這樣溺斃在海中，那麼她……她……她實是不能再向下設想下去！

她飛快地向前游去，游到了近前，果然，雲四風背後的衣服被幾枝鋒銳的珊瑚枝穿過，令他無法移動，而看他的神情，像是已昏了過去。

穆秀珍實在是沒有多考慮的餘地了，她取出了一柄鋒利的小刀，將雲四風的衣服割破，然後，托著雲四風，向海面上直升了上去！

等到她升上了海邊之際，木蘭花和高翔也已離開快艇，划著一艘橡皮艇，在海面之上巡弋，一看到穆秀珍，連忙划了過來。

他們兩人聯手將雲四風拉上了橡皮艇，穆秀珍也跳了上來，她一面爬上橡皮艇，一面罵道：「飯桶，不中用的傢伙！」

「秀珍，你還有時間罵人，你還不快救他！」

「我？」

「當然是你，是你將他拋下海去的，自然由你來救他！」

穆秀珍將雲四風的身子翻了過來，將雲四風的肚子壓在她的膝頭上，用力地壓著，海水開始從雲四風的口中吐了出來。

在橡皮艇划到了快艇的時候，雲四風的口中發出了呻吟聲，穆秀珍將雲四風的身子重重地推開，道：「哼，飯桶！」

木蘭花道：「秀珍，你不覺得慚愧麼？」

穆秀珍低著頭，一聲不出。

木蘭花嘆了一口氣，道：「秀珍，如果我是你，我一定接納他的要求，參加你領導的打撈組的工作，他一定會盡力工作的！」

穆秀珍向雲四風望了一眼，雲四風這時已睜開眼，向穆秀珍望來，穆秀珍扁了扁嘴，道：「好，我接納他參加工作！」

雲四風立時笑了起來，道：「秀珍——」

卻不料穆秀珍面色一沉，道：「叫我組長！」

雲四風呆了一呆，才道：「穆組長！」

「而且，我是組長，你必須在工作上絕對服從我的命令！」穆秀珍進一步地補充著，「你一有犯規行為，立即開除！」

雲四風吐了吐舌頭道：「好，我一概接受。」

他只想和穆秀珍在一起，不論穆秀珍對他的態度是如何惡劣，他都可以不計較的，而且，他也知道穆秀珍這時的心情十分壞，那一切全不是她的本意！

他們一起上快艇，在艙中換了衣服，快艇已繼續向前駛去，不一會，他們看到一架水上飛機，在他們的頭頂之上飛過。

那架水上飛機也是屬於調查委員會所有的，顯然也是飛往飛機出事的地點。

等到穆秀珍他們的快艇也駛到出事地點之後，看到同樣的快艇還有兩艘之多，有幾個蛙人正在工作著，一個頭髮花白的中年人，正在指揮著行動。

當幾艘快艇駛近，而且停下來之後，穆秀珍跳到了另一艘快艇之上，那中年人忙迎了上來，道：「我已接到了命令，這裡的一切工作，全是穆小姐指揮了。」

穆秀珍點了點頭，道：「我帶來了一個助手，是雲四風，雲先生，你們開展工作已有多久了，打撈的成績怎麼樣？」

那中年人攤了攤手，道：「沒有，一點成績也沒有。」

「替我準備潛水工具。」穆秀珍立時吩咐。

這時，幾個潛水員也都上了海面，他們都仰頭望著穆秀珍，別以為穆秀珍年紀輕，又是女性，會被他們所看不起。事實上，穆秀珍的確是第一流的潛水家，她潛水技術之高，是舉世聞名的，本市的蛙人當然不會不知，是以他們聞得穆秀珍要準備潛水工具，都歡呼起來。

穆秀珍招手令雲四風過來，吩咐了他一些工作，然後道：「蘭花姐，高翔，你們回去好了，我在這裡，不成功，我是不回來的。」

木蘭花皺眉道：「秀珍，你不要我們——」

「我不要！」秀珍倔強地說：「我不要你們的幫助，為什麼我一定要你們的幫助？為什麼我不能自己替超文做一些事？」

她講到後來，她的聲音聽來又已十分異樣了！

木蘭花和高翔互望了一眼，木蘭花道：「好，秀珍，那你自己多珍重，在看到你下水之後，我們會坐上飛機回去的。」

高翔忙道：「當然，秀珍，我們要隨時聯絡，而且，我們來探望你，你一定也不會反對的，不然，我們豈不是白認識一場了？」

穆秀珍的心情雖然不好，但是也不禁給高翔的話逗得笑了起來，道：「高翔，你以為我真是那樣不近情理的人嗎！」

潛水設備很快地備齊了，穆秀珍熟練地檢查著，穿戴著，然後，她浸進了海水之中，只看到水泡在不斷地升上來。

木蘭花和高翔兩人用橡皮艇划到了水上飛機之側，水上飛機是調查委員會的代表，來實地視察打撈工作的，這時打撈工作既然沒有成績可言，他們也準備回去了。

當水上飛機升空之後，木蘭花和高翔向下看去，他們都看到，有七八艘炮艇在附近的海面之上巡弋著，那是保護打撈工作的進行的。

而調查委員會的成員國，也已聯合發出了聲明，表示這一帶海域，現今屬於打撈工作的範圍，全武裝警戒，各國的任何船隻都不能駛近。

一切的戒備工作，看來都十分之圓滿，但是上了飛機之後，木蘭花便一直緊皺著雙眉，直到了家中，她雙眉仍未曾舒展。

高翔跟在木蘭花的後面，這時，已然是黃昏時分了，自他們發現穆秀珍已不在她的臥室中，而逕到了調查委員會的會議室，直到回家，他們幾乎沒有休息過。

是以，一進了客廳，他們都坐在沙發上，誰都不想動，而且，誰都不想出聲。好一會，高翔才道：「蘭花，你為什麼愁眉不展，是擔心秀珍麼？」

木蘭花默然地點了點頭。

「其實，她如今的工作，是可以勝任的，而且，還有雲四風在身邊，蘭花，你沒有看出雲四風是一個極有才能的人，而且他在海中遇溺，是假裝的麼？」

「當然看出來了，」木蘭花想起當時的情景，也不禁笑了一下，「我所擔心的，只是『小孩』方面，用什麼方法來破壞他們的打撈工作。」

「我想不出他們有什麼辦法，各國當局都願意協助我們，你沒有看到那些炮艇，其中有兩艘，是裝著由無線電控制的高射武器的，其中一艘，則有海底雷達探測，和深水炸彈的設備，不論敵人從天上來，或是水中來，都是難以成功的！」

「你將事情看得太容易了，高翔！」

高翔睜大了眼睛，望著木蘭花，雖然他不知道木蘭花何以說得那樣肯定，那樣嚴重。

木蘭花道：「高翔，你想想看，如今沉在海底，藏在金屬管中的那個新的提煉石油的方法，可以使多少人的既有利益受到損害，又可以使多少人獲得利益？」

高翔點了點頭，道：「當然，那是一個巨大的變化。」

「這變化是極其巨大的，它甚至可以影響到世界整個經濟的結構，這就使得有許多人要毀滅這個方法，也有許多人要獲得它，全世界的犯罪分子，特務，都會為這件事而出動，秀珍這時的工作，其危險的程度，等於是一無武裝，而在滿是鯊魚的水池中游泳一樣！」

高翔不禁給木蘭花講得遍體生寒！

他連忙站了起來，道：「那麼我們……就在此坐視麼？」

「當然不，可是我們實在也沒有什麼可做，就算我們和秀珍在一起，也於事無補的，我們只能在暗中進行調查，看有一些什麼樣的人在暗中行事，而加以破壞。」木蘭花也站了起來，「高翔，你更要多加注意，因為警方的資料究竟多些。」

高翔皺起了眉，道：「事情實在毫無頭緒，唉，在如今這樣的情形下，我們也只好走一步算一步，隨機應變，要不然——」

高翔才講到這裡，門鈴忽然響了起來。

木蘭花轉頭看去，只見在鐵門旁的燈光照耀下，一個西服筆挺的人，正站在門口，木蘭花和高翔兩人互望了一眼，他們立即交換了一個眼色。

這一個眼色，表示他們都不認識那是什麼人。

木蘭花按下了一個掣，道：「閣下是——」

她的聲音傳了出去，而她也同時聽到了門外那人的回答，道：「木蘭花小姐在麼？我是受　個朋友的委託，前來求見的。」

木蘭花略想了一想，又按下了另一個掣，電控制的鐵門打了開來，同時她道：「請進來，我就是木蘭花，閣下貴姓？」

那人的腳步很快，他迅速地穿過了小花園，來到了客廳中，道：「小姓管，管理的管，我是才從東京來的，直接來找木蘭花小姐——」

管先生講到這裡，轉頭向高翔望去，道：「這位是——」

「我姓高。」高翔立即回答。

「哦，原來是高翔先生，那太好了，我可以不必再多走一次了。」管先生嘻嘻地笑著，「我本來是準備找了木蘭花小姐之後，再去找高先生的。」

「管先生，你有什麼指教？」

「本來呢，我只是受一個朋友之託，送兩封信來給兩位，可是，在我起程之前，我卻聽到了穆秀珍小姐負責打撈工作的消息，所以我還附帶有一個小小的要求。」

高翔和木蘭花都感到事情十分之不尋常了，而同時，他們卻也覺得十分高興，因為這人的前來既然和穆秀珍的工作有關，那自然是他們的線索了。

「請坐，坐下來再說。」

管先生在坐下來之後，自上衣口袋之中，取出了兩個長長的信封來，將之放在咖啡几上，那兩個信封是白色的，一個寫著「木蘭花小姐」，另一個寫著「高翔先生」。

木蘭花和高翔都沒有去碰那兩個信封。那當然是他們小心謹慎的緣故，現代的科學足可以使看來最沒有害的東西變成可以殺人的工具的。

管先生忙道：「兩位放心，我絕無惡意。」

高翔先拿起了面前的信封，他屏住了氣，慢慢地將信封中的東西抽了出來，才抽出了一半，高翔便陡地將信封放了下來。

在他放下信封的時候，信封中有一張卡片，跌了出來。

那張卡片上，印了三個字：ＫＩＤ。

除了那張卡片之外，還有一張支票，支票是瑞士一家著名銀行的，金額是一百萬瑞士法郎。

這樣的一封信，其用意實在是十分明白的。那便是說，「ＫＩＤ」向你致意，這張巨額支票，請你笑納，當然，得人錢財之後，不能再對「ＫＩＤ」的行事礙手礙腳了！

高翔望著那管先生，管先生也望著他，道：「高先生，我這位朋友的意思，我想你一定是明白的了？嘿嘿，是不是？」

高翔轉過頭，向木蘭花看去。

只見木蘭花的神態十分優閒，她微微地笑著，和那個管先生未曾出現之際，那種雙眉深蹙的情形，實在是大不相同。

高翔一看到木蘭花的臉上出現了這樣的神情，他的心中便十分高興，因為他知道，那是木蘭花的心中，已有了一定的把握了。

這時，只聽得木蘭花道：「那麼，看來我的信封之中，也是一樣的內容了？」

「是的。」

「這『ＫＩＤ』是——」

「是，一個組織，兩位可以不必去注意它的，蘭花小姐，你唯一需要做的事情，是要勸說樛秀珍小姐，切不可參加打撈工作。」

木蘭花拿起了她自己面前的那個信封，又拿起了高翔的那個，將卡片和支票一起塞了進去，然後，她才道：「我想，我可以代表高先生，不必我們每人都講上一遍的了，管先生，你的朋友，一定對我們不怎麼熟悉，所以才會託你前來做這種無聊的事情的。」

管先生一聽，面色變了一變。

他隨即站了起來，道：「那麼，我告辭了。」

「是的，你只好告辭了，而且，這兩封信，請你拿回去。」

「不，這是我朋友給你們的信，我必須送達。」

「那也好。」木蘭花「刷刷」兩聲，便將信封撕成了四片，順手一抛，抛出了窗外，「你可以回去報告，我們已收到了信。」

管先生的面色，變得更難看了。

他仍然強充著鎮定，道：「是，我定然據實回報。」

木蘭花道：「你一路小心些。」

管先生已忙不迭地地向門外走去，木蘭花輕輕一碰高翔，極低的聲音道：「在花園中絆住他五分鐘，不論用什麼方法都好！」

高翔立時點了點頭，跟著管先生，一起向花園走去。

這時候，他看到木蘭花轉身向樓上奔去。

管先生在前匆匆地走著，在快要到鐵門的時候，高翔忽然叫道：「管先生，有一件事，你或者是不知道的，我必須和你說說。」

管先生轉過身來，用充滿了懷疑的目光望著高翔。

高翔向他微笑著道：「管先生，你知道，警務工作實在是相當令人厭煩的，必須服從許多有時很可笑的命令，便是其中之一！」

高翔的微笑，和高翔的話，令得管先生向前走近了幾步，他非常有興趣地道：「那麼，高先生想和我說的事，一定不止這些？」

高翔回頭看了看，只見二樓木蘭花的工作室的燈光亮著，高翔不知道木蘭花在做什麼，但是他知道自己必須留住對方五分鐘。

而要將對方留住，必須有一個使對方感到極度興趣的話題，是以他轉過頭來，又笑道：「你知道麼？木蘭花其實不能完全代表我！」

管先生也笑了起來，道：「高先生，這是我此行最喜歡聽到的話，我立即飛回東京，再取支票來，拜會高先生，好麼？」

「噢，你去東京？」

「是的，很快的，大約十小時就夠了。」

高翔不斷地拖延著時間，算來已有五分鐘了，但是卻又未見木蘭花下來，高翔心中奇怪，但是他的任務已經完成了。

是以，高翔又笑了起來，道：「我說木蘭花不能代表我，究竟是什麼意思，管先生，我怕你還未曾弄明白真正的含意。」

管先生愕然，抬起頭來。

「我的意思是，木蘭花肯就這樣放你離去，但我卻不能，我要教訓教訓你！」

高翔陡地揚起手來，用力一掌，向管先生的臉上摑去！

那一掌是完全出乎意料之外的。

「叭」地一聲響，管先生的臉上已中了一掌，他的身子一側，幾乎跌倒，他一手撫著臉，一面道：「你，你竟這樣——」

「你走不走？不走，再教訓你！」

管先生不敢再說什麼，轉過身，便向外疾奔了出去。

3 牧羊人就來了

一看到管先生奔出，高翔連忙回到了屋子之中，叫道：「蘭花！蘭花！」他一面叫，一面又向樓梯之上，奔了上去。

到了工作室的門口，高翔伸手一推，門便應聲而開。

可是當他推開了門之後，他卻陡地一呆。

工作室中一個人也沒有！

只有在桌上，有一張紙放著，高翔連忙走過去，只見紙上留著幾行字，是木蘭花留下的：

我去跟蹤他，說不定會到東京去，你好好照顧秀珍，留意可疑人物。

高翔向外看去，外面天色早已黑了。

木蘭花在哪裡，管先生在哪裡，都已經看不見了。

高翔的心中感到十分悵然，當然，他知道以木蘭花的機智、勇敢而言，僅僅去跟蹤一個人，是一定不會有什麼問題的。

然而，正如木蘭花所分析的，這是一件幾乎全世界的特務、間諜都在留意的事情，她難道就僅僅是去跟蹤一個人那樣簡單麼？

高翔深深地吸了一口氣，熄去了燈，離開了木蘭花的住所。

木蘭花只要高翔留住管先生五分鐘，而事實上，高翔卻留住了管先生七分鐘之久，所以，木蘭花在外面的灌木叢中多等了兩分鐘，才看到管先生走出來。

管先生走出來的時候，十分之狼狽，而且，他的臉上怒氣沖天，木蘭花雖然不知道高翔究竟是用什麼方法留住他五分鐘的，但是卻也可以從管先生的神態上，看出管先生一定是吃了大虧了。

木蘭花仍然伏著不動，直到管先生走出了七八碼。

木蘭花早已注意到，管先生來的時候，是並沒有汽車停在門口的，而管先生既然是從東京來的，這裡又是郊外，那麼，他的交通工具，可能就放在附近隱蔽的地方，是以，木蘭花並不心急，在管先生走開了幾碼之後，她才悄悄沒聲地跟了上去。

這時候，木蘭花不但藉著這五分鐘的時間，準備了各種必要的工具，而且，她也進行了化裝。這時的她，眼珠、頭髮的顏色全改變了，鼻子也加高了，看來像是一個歐洲南部的美女。

她跟在管先生的後面，看見管先生在走出了十來碼之後，伸手在路邊的灌木叢之中，推出一輛小型的摩托車來。

他跨上了摩托車，立即飛馳而去。

照這樣的情形看來，木蘭花似乎是無法跟蹤他的了。

但是事實上，卻全然不是那樣。

首先，木蘭花在下樓之前，已打了一個電話到機場去詢問，知道最近一班班機飛往日本的，是在一小時又十五分鐘之後。

而且，木蘭花一眼已看到，管先生的那輛小型摩托車，正是機場中附設的租車店所出租的一部，車後輪的葉蓋上，漆有明顯的標誌。

第三，管先生駛出的去路，正是駛向機場的。

有了這三點，她可以肯定，管先生的確是從東京來的，而如今任務不成，他自然也急於飛回東京去，去向他的上司請示。

他的上司，即使不是「ＫＩＤ」中的高級人員，也至少是具有相當地位的人，那樣，就可以使得事情更進一步，或者可以偵知他們對那種沉在海底的新煉油法採取的是什麼態度了。

尤其是後一點，那是十分重要的，因為這關係著穆秀珍的安全。

木蘭花要繼續跟蹤管先生，是十分容易的，她只消在一小時之內趕到機場就可以了。她順著公路，向前走了一程，便攔到了一輛計程車。

在三十分鐘之後，她到了機場。

在機場中的木蘭花，又和剛才有所不同了，剛才她穿的是一件方便跟蹤的緊身衣，但這時，她加上了一件紅白相間，十分搶眼的裙子。

她在機場的公共電話中和方局長聯絡，要方局長以警方的名義，通知機場方面，替她在最近時間內，在飛經東京的班機上找一個座位。

她還要求方局長，千萬不要把她的行蹤講給高翔聽，只要他轉告高翔，好好地照顧秀珍就行了。

方局長答應了木蘭花的要求。十分鐘後，當木蘭花向機場管理處走去的時候，一個職員立時迎了上來，將她帶進了航空公司，辦理手續，木蘭花從那時起，所操的語言，便是帶有西班牙口音的英語。

十分鐘後，她辦好了手續，她看到管先生放下報紙，匆匆走進閘口。

這時，離飛機開航，只不過十分鐘了。

管先生當然是為了小心，所以才捱到這時候方始上機的，但是他一定想不到，那個美麗的，穿著如此惹眼衣服的南歐女郎，就是木蘭花。

木蘭花跟在他的後面上了飛機，當空中小姐帶著管先生在座位上坐下來之後，又轉身向木蘭花微笑，木蘭花將機票交給了空中小姐。

空中小姐指著管先生身邊的位置，道：「小姐，這便是你的位置，祝你旅途愉快！」

她的位置竟恰好在管先生的旁邊，這實在是一種湊巧，而絕不是事先安排的，連木蘭花也不禁有點感到錯愕失驚！

但是她當然不會讓自己的面上顯出驚愕之態來，這時，管先生正抬頭向她望來，木蘭花禮貌地向他微笑了一下，坐了下來。

飛機不多久便起飛了。

在飛機起飛之後，管先生似乎顯得十分不安，但是木蘭花卻竭力不去注意他，木蘭花決定一下機，便用最迅速的方法來改裝。

她估計自己在下機後，便跟蹤管先生，是十分容易的事情，而在旅程之中，她是大可以趁此機會休息一下的，是以她放下了椅子，打起瞌睡來。

她約莫睡了兩小時，當她醒過來時，她看到管先生也在瞌睡，木蘭花沒有去注意他，這時，機上正開始放映一場電影。

那是一場相當精彩的歌舞片，木蘭花看完了這場電影時，空中小姐已在通知各位乘客綁好安全帶，準備飛機著陸了。

木蘭花綁好了安全帶，可是在她身邊的管先生，卻仍然側著頭在打瞌睡，並沒有將椅子豎起來，木蘭花皺了皺眉頭，她心中已感到事情有點不對頭了。

這時候，空中小姐正在檢查每一位乘客是否已做好了飛機著陸前的準備工作，當她來到管先生旁邊的時候，她停了下來，有禮貌地道：「先生，請醒一醒，飛機已到目的地了，請醒一醒！」

她一面說，一面用手在管先生的肩頭輕輕推了一下。

那時候，木蘭花幾乎已知道他是怎麼一回事了。

她故意側過頭，向窗外看去。

這時正是黎明時分，東京機場上的燈火還未熄，在晨光微曦中，燈光看來更帶有一種朦朧的美。二十秒鐘之後，木蘭花所期待的那一下驚呼，終於發出來了！

空中小姐不愧是受過嚴格訓練的，這下驚呼聲十分短促，幾乎沒有引起乘客的注意，而機身恰在這時略為震動。

機輪已經碰到跑道了，由於那一震，管先生的身子向旁側了一側，變成他的臉正對準了木蘭花。他的臉，呈可怕的青黃色。

管先生已經死了。

木蘭花在那間小小的會客室中，已坐了近四十分鐘了。由於管先生的死亡，幾乎每一個旅客都延遲了下機的時間。但是被客氣地留下來時間最長的，卻是木蘭花，因為木蘭花是坐在管先生旁邊的。

木蘭花已經因為管先生的死，心中十分沮喪，因為她是追蹤管先生而來的，管先生死了，一切線索全部斷了，她也變成白來一次了。可是，她卻還必須接受許多的盤問。

儘管那些盤問是以十分客氣的語氣提出來的，但是，木蘭花怎會看不出警務人員眼中，那充滿了懷疑，想尋求答案的眼光？

而且，那一邊，那兩名年輕的警員檢查她的證件，也費了太多的時間了。

對於這一點，木蘭花倒並不擔心，她既然化裝成如今這個樣子，她的證件自然是和她的樣子配合的，這種不同樣貌，但絕對是真的證件，她一共有二十四套之多哩！

直到陽光射進這間會客室中，木蘭花才望著面前那個年輕認真的日本警官，道：「好了，先生，你還有什麼問題？」

「請原諒，小姐。」那警官的神氣，像是因為未能在雞蛋中找出一根骨頭而誓不罷休一樣，「通常，在旅行中，坐在相近位置上的人，都會作某種程度的交談，你真是未曾和這位先生作任何的交談？連一句話也沒有麼？」

「唔，」木蘭花攤攤手，「一個人在飛機上，心臟病突發而死了，你們為什麼這樣緊張，照你們這樣的處事方法看來，日本應該是早已沒有任何犯罪事件的了！」

「小姐，罪犯總是有的，要是罪犯沒有了，我們豈不是要失業了麼？」警官為他自己的幽默笑了笑，忽然道：「小姐，你當過護士？」

「沒有，但這個問題是什麼意思？」

「那麼，你怎可以肯定他是心臟病死的？」

「我不管他是為什麼死的，我——老天，你不會以為是我謀殺了他的，是不是？」木蘭花有點氣惱地說，這時，她實在不耐煩再在這裡待下去了。

「他的確是被謀殺的。」警官鄭重地說。

木蘭花早已知道管先生是被謀殺的，但這時她卻不得不裝出十分吃驚的神情來，並且發出了一下短短的驚呼聲。

「所以，小姐，你要十分小心，由於你是坐在他的旁邊，凶手可能以為你看到過他，因而對你不利，如果我是你。我一定立即飛回去！」

木蘭花到了這時，已完全明白那警官的用意了。

那警官之所以喋喋不休，翻來覆去地問她那麼多問題，將她留在那間小會客室之中那麼久，完全是一種十分古老的辦法。

那警官一定是熟知管先生的身分的，大約他也預知謀害管先生的凶手仍然在機場附近，在察看自己行事是否一無破綻。在這樣的情形下，那警官便故意留住木蘭花，要木蘭花和警方的談話時間拉長，使得那凶手以為木蘭花已對警方透露了什麼，而對木蘭花下手。

那樣，他就可以捕獲那個凶手了。

木蘭花搖搖頭道：「我不回去，如果凶手要對我不利，我人在日本，日本的警務人員，是有責任來保護我的安全的。」

那警官道：「當然，這當然，這正是我想向小姐提出的一個要求，你不介意我們派兩位幹練的女警員，寸步不離地跟著你麼？」

木蘭花只想早一點脫身，她嘆了一口氣，道：「好吧，我可以走了麼？我實在不想到貴國來的旅行，局限在這間小屋子中。」

「可以了，小姐，你只管放心，我們會盡全力來保護你的，跟蹤保護你的女警員，你只當她們不存在就可以了！」

木蘭花站了起來，另外兩個警員將證件也還了給她，她接過來放好，同時，她攏了攏頭髮。

她去整理頭髮，那本是無意識的舉動。可是，當她的手指插進她後頸上的頭髮之際，不禁陡地一怔，因為她的手指竟摸到了一根細細的金屬管子！

木蘭花在一摸到那根金屬管之際，還以為那是警方放置的「竊聽器」。可是她立即便否定了這個想法，因為在她清醒的時候，有人要將東西插進她腦後的頭髮之中，雖然那深棕色的長髮只是假髮，但是那也是絕不可能的事情。

唯一的可能，是在她睡著的時候。

而將這根金屬管子放在她頭髮之中的人，最大的可能，就是在飛機上，坐在她鄰位的管先生！而且，木蘭花已迅速地想像出那是怎麼一回事了。

管先生是中毒死的，這一點，木蘭花從管先生死後的面色上可以肯定。而且，管先生的死，是在她睡著的時候所發生的。

那謀殺管先生的凶手，當然也在機上，由於警方不可能將所有的乘客全部扣留過來慢慢偵詢，是以只好任由凶手安然逃走。而那個警官，如今想以木蘭花作釣餌，引凶手現身。

木蘭花又知道，自己的化裝並沒有被管先生識穿，當然也未被凶手識穿，她不知道凶手用的是什麼方法（她猜想最可能是一支毒針），但她卻可以肯定，當管先生中毒之後，一定不是立即死的，他還有時間將這東西放入自己的頭髮之中！

管先生之所以要將那東西放入自己的頭髮中，用意實在是十分明顯的，那是他自知要死了，他要留下一個殺死他的人的線索。

木蘭花想到了這裡，她真想立時將那東西取下來！

但是她卻並沒有那麼做，她只是若無其事地放下手來，讓那東西繼續留在她的頭髮之中，然後，走出會客室，匆匆地向機場之外走去。

木蘭花之所以這樣做，乃是因為這時，事情已變得十分複雜了。本來，她跟蹤管先生來到東京，事情是很簡單的。但如今呢？管先生死了，警方插手進來了，還有一個或更多個在暗中監視著她的凶徒，更有警方人員在跟蹤保護著她。

在新的情形下，她變成完全被動，完全不能展開她的工作了。如果不是她已發現了在自己的頭髮中藏有東西的話，那麼，木蘭花對於這種被動，還是十分歡喜的，因為這至少可以使她的線索不致於中斷！

但是這時，她已然肯定，藏在自己頭髮之中的東西，是有著重大的價值的，那麼，她就必須擺脫被動的地位，而轉為主動的偵查，才能迅速地接近管先生致死的原因，和找到「ＫＩＤ」組織在日本的代理人，達到她此行的目的。

木蘭花已為她自己定下了方針，那便是：擺脫一切的跟蹤！

當她向外走去的時候，她看到一根柱子之後，有一個男子在用打火機點煙。

木蘭花只是略略地向那男子看了一眼，心中便冷笑了一下。因為那男子的煙是已吸了一半的，這時他還將打火機放在口邊，顯然是別有用心。

不消說，那打火機，一定是無線電聯絡儀器了。

而當她來到了機場大廈外面的時候，有三個女學生模樣的人，手拉著手，轉出了牆角，來到了她身邊不遠處停了下來。

不必問，那一定是警方的「保護者」了！

木蘭花裝著全不看見，她向街車站走去，鑽進了一輛的士之中，說出了一個酒店的名字。那酒店倒是木蘭花在啟程之前就訂好房間的。

早晨上班時間的東京，交通之混亂，行人之匆忙，實在是筆墨難以形容的，木蘭花在車中向外看去，並看不到有什麼人在跟蹤她。

她幾乎已要伸手進頭髮後面，將那個金屬管子般的東西取出來看個究竟了，但也在那一剎間，她發現那司機戴著一頂帽子，而後頸上露出了幾根十分長的頭髮來，毫無疑問，那司機是一個女子。

當然，那也是警方的傑作了。是以，木蘭花又忍了下來。

她坐著不動，一直到車子到了酒店的面前。

木蘭花才一下車，就看到那三個「女學生」，又手拉著手，走進了酒店，那一定是這個「司機」用什麼方法通知她們的。

木蘭花進了酒店，又在侍役的帶領之下，進了她預先訂下的房間，她關上門，閃身進了浴室，再關上浴室門，然後，才將頭髮中的東西取了下來。

木蘭花自頭髮中取下來的東西是一支領帶夾。

當木蘭花第一次碰到這領帶夾的時候，將它當成了一根金屬管子，那是因為這支白金的領帶夾，是相當細的圓管形的緣故。

木蘭花肯定了它的質地是白金的，然而它的分量又比正常的來得輕，於是木蘭花更進一步地肯定，那圓管形的領帶夾當中是空心的。

但是木蘭花並沒有立即設法將之打開來。她只是匆匆地拋去假髮，除掉鼻上的假肉，從眼中取出使她眼珠變色的極薄的膠片，然後，又打開旅行箱，取出一個橡皮人來。

她拉動了一個栓，橡皮人立時充滿了氣，她將身上的衣服穿在橡皮人的身上，將假髮也戴在橡皮人的頭上，然然將橡皮人放在一張沙發上，弄好了角度。

她弄妥的角度是，自對面建築物透窗望來，或是自鑰匙洞中望進來，都只能見到側面。那樣，看來就更像真人。

木蘭花佈置那橡皮人的最後一個步驟，是將一本書放在橡皮人的雙手上。事後，她再為自己進行另一種截然不同的化裝。

總共只不過十五分鐘，木蘭花已經完全改了樣子，她看來純粹是一個新潮派的男青年，頭髮長，穿著長褲和橫條紋的運動衫，和看來大約五天未剃的鬍子。

現在，問題就是她如何離開酒店的房間了！

她將浴室的窗子推開半吋，向下張望。

她的房間是在三樓，本來，那是可以輕而易舉地向下爬下去的，但是她卻看到，窗下是一條死巷，而在死巷的一端，有兩個人守著。木蘭花估計他們也是警方的人。

她關上了窗子，又打開了房門，也不行，房門外，那三個「女學生」全在。那麼，臨街的窗子是不是可供利用呢？

木蘭花只不過向窗口望了一眼，便完全否定了！

因為，外面是一個廣場，有一個噴水池，人十分多，她如果在那裡爬下去的話，才跨出窗口，便一定可以聽到好幾十下尖叫聲了。

木蘭花不禁躊躇了起來，她並不想使用武力，可是她要怎麼出去呢？

她再回到了浴室中，從窗縫中向外張望了一回。

那條死巷只不過六呎寬，一邊是酒店的後面，另一邊，則是一道十二呎高的圍牆，牆那邊，是一個建築地點，並沒有人。

木蘭花立時想到，如果她能夠從窗中一跳出去，就跳過了那圍牆，而在跳出之際，又可以使巷子的兩人不加注意的話，那麼，她就可以成功地離開了。

要引開那兩人的注意力不難，要自上而下跳下去，要躍過六呎的寬巷，也不難，可是，問題就在於木蘭花是在三樓，離地至少有二十多呎，當她跳下落地的時候，她能夠不受傷麼？

木蘭花在窗前看了半分鐘，便立即轉回房間之中。

她在行囊中，取出了一節一呎長短，手臂粗細的金屬棒來，那金屬棒是可以一節一節拉出來的，拉到了最後一節，只有小指粗細。

而等到一起拉出來之後，已變成有二十呎長的一根金屬棒了。木蘭花將浴室的窗子完全打開，她先將拉長了的金屬棒的一端，擱在窗框上。

然後，她用力向巷口拋出了一個金屬的圓球，那圓球跌在巷口，向外滾了出去，那兩個人立時順著鐵球滾出的方向跟了過去。

木蘭花身子一縮，出了窗子，但是她仍然站在窗框之上，她以極快的手法，將那根金屬棒向窗外伸了出去，伸過了圍牆。然後，她雙足在窗框上一蹬，整個人已向前吊了出去。

她人才一飛出，金屬棒便已點到了圍牆內的地面。是以，她等於像一個撐竿跳的運動員自高而下跳下來一樣。

她在落地之後，忙蹲著身子，四面迅速地看了一下。等到她看到絕沒有人看到她時，她才收起了金屬棒，將之塞在一塊大石之下，然後，雙手插在褲袋之中，吹著口哨，走了開去。

她走出了幾條街，進了一間咖啡館中。

在她坐下來，喝著咖啡之際，她才取出那枚領帶夾來，咖啡館的光線雖然不太明亮，但是木蘭花立即發覺，那管形的領帶夾是可以從中旋轉開來的。

她連忙將之轉開，在其中，抽出了一小卷捲得十分緊密的紙卷來，木蘭花的心中十分高興，她慢慢地將紙卷攤了開來。

紙卷上寫的是日文，木蘭花可以看得懂，但是，除了一個地址之外，其餘的字，木蘭花雖然懂，卻不明白那是什麼意思。

那些文字譯出來是：「天已亮了，躺下吧，多躺一會，小羊兒是會叫的，黑羊不叫，別去碰黑羊，牧羊人就來了。」

這幾句話，木蘭花翻來覆去地看了好一會。

當她看到了第三遍的時候，她突然想起「ＫＩＤ」組織，「ＫＩＤ」在英文中，不但是對小孩子的暱稱，也可以解作小羊兒。

小羊兒，黑羊，牧羊人，這一些語句，看來雖然莫名其妙，但是和「ＫＩＤ」組織有關，那是毫無疑問的事情了。而那個地址，一定是可以會見那個「牧羊人」——木蘭花假定他是「ＫＩＤ」組織的負責人之一——的地方了。

木蘭花曾經到過東京幾次，她知道那個地址所在的地方，是東京郊區一個十分高尚的住宅區，一個十分幽靜的地方。

木蘭花當然要到那個地址去的。

而這時候，她還不立即起身的原因，是她在考慮，是不是要先用長途電話和方局長聯絡一下，使方局長通知日本警方，去對付這個地址。

但是木蘭花考慮的結果，是並不那樣做。因為她知道，如果大隊警員前往，一定是一無所獲的。所以木蘭花決定自己一個人去。

當然，她知道此去是極其危險的。而且，她更知道，如果她出什麼差錯，落到敵方的手中，那麼她是不能有任何的幫助的，因為世界上根本沒有第二個人知道她到了何處！

但木蘭花仍然決定前去！

4 占盡上風

她會了賬，走出咖啡館。

她先搭公共汽車，然後轉搭地下火車，在離目的地還有大半哩的地方下了車，再搖搖擺擺地向前面走去，一面仔細地留意著四周圍的情形。

當她終於來到了那個地址的前面之際，她看到那是一幢附有花園，極其美麗的房子。花園相當大，從半開的門中看進去，可以看到一個水池，荷葉亭亭，池旁的地上，大多數是十分平整的青草，正有兩個兩歲大的孩子在草地上打滾。

有一個老年婦人，則坐在一張椅子上，一面在做著針線，一面看顧著那兩個孩子，那兩個孩子，看來像是孿生子。

木蘭花看到了這情形，不禁呆了一呆，她後退了一步，看到門旁掛著一塊木牌，牌上寫著「山本宅」三個黑墨字。

當然，門上是沒有門牌的，那是東京房子的通病，但是木蘭花一路問過來，人家告訴她的地方，卻又的確就是這裡。

木蘭花大力在門上拍了兩下。

那老婦人抬起頭來，道：「誰啊，自己進來好了。」

木蘭花推開門，走了進去，那老婦人除下了老花眼鏡，用奇怪的眼光望著她。木蘭花找不出話來說，只得道：「請問，山本先生在麼？」

「山本先生？這時候是在工廠中的啊！」

「噢，那麼，山本夫人呢？」

「你是什麼人啊？」老婦人瞇著眼，「你不是那種壞人吧，我們可是養著狗。」老婦人高叫了幾聲，一頭大狼狗奔了過來，向木蘭花狂吠。

木蘭花連忙後退，道：「不，不，我想見見山本夫人。」

「山本夫人也不在哩，你快走吧。」

木蘭花作最後的嘗試，她道：「天已亮了，躺下吧，多躺一會吧。」

那正是這張紙上的話。那老婦人聽了，像是呆了一呆。

木蘭花心中高興了一下，忙又向四面看去，看看可有什麼明確地代表著「小山羊」，或是「黑羊」的。

但是就在她認為事情稍有進展之際，只聽得那老婦人道：「先生，你一定弄錯了，山本先生是工廠的總裁，你怕是他廠中的工人？」

木蘭花覺得十分之狼狽，她「哦哦」地答應著，道：「那麼，這裡是不是……」她又將那個地址，唸了一遍，那老婦人用心地聽著。

等木蘭花講完之後，那老婦人大點其頭，道：「是啊！」

木蘭花沒有再說什麼，她只是向那個老婦人鞠躬為禮，然後，向外退去，一面道：「那我一定弄錯什麼了，對不起，對不起！」

她一面說，一面向後退到了門口。

在她退出門去之際，她順手將那本來是半掩的門關上，她看來仍然是信步地在向外走，但實際上，她正在用心地思索著。

這是怎麼一回事呢？

難道是那張紙上的地址寫錯了？

因為不論從哪一個角度看來，這所美麗的住宅，都是和一個恐怖的暗殺團體連繫不起來的。但是，管先生的紙條當真可能寫錯麼？

那可能性是極少的！所以，木蘭花只好肯定，那種和平，安靜的環境，小孩子和老年婦人，半掩著的門，這一切，全是故意裝出來掩人耳目的！

木蘭花走出了不多久，便穿過了一條小巷，然後，轉了一個彎，這樣，她便來到了那幢屋子的後面，圍牆並不高，木蘭花可以輕而易舉地爬進去的。

木蘭花在爬進圍牆去的時候，她可以看到屋前草地上的那老婦人，但是那老婦人卻背對著她，根本未曾看到有人爬進來。

木蘭花一落地，立即向前迅速地推進了七八碼。這時，她已到了屋子的後門前，她伸手輕輕一推，門便打了開來，她躡手躡足地走了進去，走過了一條走廊，來到客廳中。

客廳中是西式的陳設，一個人也沒有。從客廳的玻璃門望出去，那老婦人仍然安靜地在編織著衣服，那兩個孩子也仍然在草地上打著滾，玩得十分開心。

木蘭花心想：自己一定是找錯地方了！既然找錯了地方，那就快退出去吧！

木蘭花想到這裡，一個轉身，便待從那條走廊中穿出，退出屋子去，可是，也就在那一剎間，突然整間屋子都起了變化！

首先，是「刷」，「刷」，「刷」幾下響，所有的門，窗口，都有鋼簾落了下來，室內頓時漆黑，木蘭花身形一閃，向後退去。

然而，她才退出了一步，燈光便已復明。

燈光復明之後，除了頭上的那盞人型的水晶吊燈之外，客廳中的一切皆已改變，老大的客廳變得空空如也，名貴的陳設全不知去向了。而在客廳每一個角落中卻多了個巨無霸。

那真正是巨無霸，四個人，全是身高超過六呎的巨人，有兩個是黑人，兩個是日本人，他們四人，全都穿著皮製的短衫。

在他們的手中，則持著一根棒球棒。

棒球本來就是日本人喜歡的運動，但是只怕沒有人會喜歡這四個人手中的那種球棒，因為那四根球棒，都是不銹鋼的。

那四個人全站在屋角，而木蘭花恰好在當中。

這一個突兀至極的變化，是在不到十五秒鐘之內發生的，而且，在發生之前，木蘭花已然肯定了自己是走錯了地方，是以她連在心理上的準備也沒有！

她只好呆立著，等候事情進一步的發展。

接著，牆上「卡」地一聲響，一扇暗門打了開來，一個中年男子走了進來，那男子進來之後，兩個手持球棒的日本人，立時大踏步地走了過來。

那兩個日本人在那人的身前站定，那人自袋中取出一隻小盒子來，按下了其中的一個掣，牆上另一個暗門打開，一張沙發滑了出來，恰好來到那人的身後。

那人舒服地在沙發上坐了下來，上上下下，向木蘭花打量了幾眼，才道：「好了，小朋友，你是得到了什麼線索，才到這裡來的？」

這一連串的變化，實在是使得見多識廣的木蘭花也為之瞠目結舌，不知所以，直到她聽得對方這樣問，她心中才略略放心了些！

因為對方這樣問，那表示對方並不知道自己真正的身分，那麼，至少暫時還可以蒙混一下，是以她裝出了害怕又驚訝的樣子來。

她指指那人道：「你……你就是山本先生？」

那人的面色陡地一沉，道：「你到這裡來的目的是什麼？你是怎麼知道這裡的地址，和那句剛才你在花園中所說的暗號的！」

木蘭花忙搖手道：「不關我事，早幾天，我聽得一個人說，到這裡來，可以賺到大錢，這兩天，沒有錢花了，所以來碰碰運氣。」

「誰，誰告訴你的？」

「那是一個……」木蘭花將管先生的樣子形容一番。

「什麼時候遇到他的？」

「六天，或者有七天了，誰記得！當時，我正走好運，一晚上搶到了六個皮包，在豪華的夜總會中遇到他，談起來的。」

那人突然「嘿嘿」地笑了起來，從那人的笑聲中，木蘭花知道自己的話聽來雖然活龍活現，但已露出破綻來了。可是，她卻又不知道破綻在什麼地方！

就在這時，那人右手的拇指和中指突然相扣，發出了「得」地一聲響，兩個黑人立時衝了上來，用極快的動作，握住了木蘭花的一隻手臂。

當那兩個黑人上來，捉住木蘭花的手臂之際，木蘭花其實是有能力抵抗的，但是她還不想暴露自己的身分，是以她只是叫道：「這是做什麼？」

那人的兩隻手指，再發出了「得」地一聲。握住了木蘭花手臂的兩個黑人，將木蘭花的手臂扭到了背後。

木蘭花女扮男裝，本來是裝得十分像的，她穿著比較寬鬆的衣服，來掩飾她健美的身材。然而當她的手臂被扭到了後面之後，她健美的身形卻再也掩飾不住了，那人自沙發霍地站了起來，道：「好啊，原來你是一個女子！」

他大踏步地向前走來！

在這樣的情形下，木蘭花實是不能不動手了！

她的手臂雖然被擒住，但是她的手腕還是可以有所動作的，她雙手一張，四指併齊，猛地左右一張，向那兩個黑人腹際的軟肉，直插了下去。

那是空手道一招十分厲害的招數，以木蘭花在空手道上的造詣而論，她若是全力施為，一插之下，是足可以將一塊一吋厚的木板插斷的。

當然，她在雙臂被握的情形下，當然不能全力施為，在力道上要打了一個折扣。但就算打了一個折扣，那出其不意的一插，也夠那兩個黑人受的了。

那兩個黑人怪叫了一聲，立時鬆開了手。木蘭花手臂一獲得自由，她人便向前疾衝了出去！

因為她看出當前的形勢，若是不將那人制住，自己要一人對付那四個巨無霸，那是絕無勝利可能的事情。

當她身子猛地向前撲出之際，在她的身後，傳來了一下兩個金屬物體猛烈擊撞的聲音，那是那兩個黑人各自揮動鋼棒向前擊來，卻都未曾擊中木蘭花，反倒自己兩根球棒相撞了一下所發出來的。

木蘭花雖然聽到了聲響，但是她卻連頭也不回，一掌向前擊出，那人已覺出不妙，連忙向後退去，但木蘭花的一掌已擊中了他的肩頭！

木蘭花那一掌的力道十分大，打得那人向後一退，跌坐在沙發上。木蘭花一看到那人已跌坐在沙發上，以為大局已定了，便哈哈一笑。

可是，就在她一笑之際，那人所坐的那張沙發，竟以極高的速度向旁滑了開去，木蘭花連忙向前一躍，但已經遲了！

那張沙發在不到兩秒鐘的時間內，已然滑進了牆上的暗門之內，在那人進入牆前的一剎那，他叫了一句話，道：「抓活的！」接著，「砰」地一聲，牆上的暗門便關上了。

木蘭花的心中實是懊喪到了極點，因為她剛才若是不只顧笑，以為那人已無路可逃，而是立即撲上去，那麼那人就算逃進暗門，她也一定可以跟進去的。

而如今，她卻一個人面對著四個巨無霸。而且，那四個巨無霸的手中還有著鋼的球棒！

木蘭花立時一個轉身，向後疾退了幾步，背靠著牆站定，她才一站定，那四個巨人，已是半圓形地排開在她的面前了。

木蘭花心知，自己如果要闖出去，那就非得將眼前這四個巨人中的三個，打得人事不省，然後，再威脅其中另外一個，帶自己出去。

但是，自己能赤手空拳打得過他們麼？

木蘭花將左手放在胸前，做出隨時可以向前砍出去的姿勢，同時，她將右手放在背後，在她中指的指環上輕輕一按。

一按之下，指環上便有一枚尖刺彈了出來。

那枚尖刺是中空的，如果一刺中了人，受了壓力，指環內的毒液，就會進入被刺中者的體內，一般來說，在這種間諜常用的武器之中，放的全是一些致人於死命的劇毒毒液。

但是木蘭花卻是絕不想無辜傷人的，所以在那枚戎指中，她放的並不是毒藥，而是一種極強烈的麻醉劑，刺中了人，會使人在二十秒之內昏迷！

如果木蘭花不是扮成了男人的話，那麼她的頭箍，將是一件極其厲害的兵刃，然而此際，她卻只好運用那枚戒指了。

當然，她還有一件武器是可以用的，那便是她的腰帶，那是鋼絲編成的一條鞭子，但是她知道，如果她使用那條鞭子的話，她的身分便一定暴露了。

因為她的鞭子，是一件十分有名的武器。那鞭子和女黑俠木蘭花的名字是分不開的！

木蘭花的右手，始終放在身後，那四個巨人，一步一步向她逼了過來，等到來到了離木蘭花只有五呎之際，突然一聲怪叫。

隨著那一聲怪叫，只見他們的手陡地向後一揚，四根金屬球棒突然挾著「呼呼」的風聲，向屋角拋了出去，那自然是因為他們要活擒木蘭花了！

木蘭花一看到這種情形，心中陡地一喜！

在那四根球棒還未曾落地之際，她的身形一矮，「颼」地在兩個日本人的中間，疾穿了過去，當她以極快的身法在兩人的中間穿過去之際，右手反手在右邊那個日本人的背後拍了一下。

那一下並不重，可是已足夠將尖刺刺進去了。

她掠到了屋角，順手抄起了一根球棒，才站定身子。

當她轉過身來的時候，只聽得「砰」地一聲響，那個被她指環上的尖刺刺中的巨無霸，身子已直挺挺地倒了下來，昏迷不醒了。

而其他三個人，像是根本未曾看到他們的同伴已有一個倒了下去一樣，仍然迅速地逼近來，那日本巨人衝在最前面，向木蘭花猛地砍出了一掌！

那一掌，是向著木蘭花的面門砍來的！

木蘭花的身子略側了一側，揚起了球棒，迎了上去。日本巨無霸那一掌的力道十分之大，但正因為他的力道大，是以急切之間收勢不及！

只聽得「啪」地一聲響，那一掌，正砍在球棒之上！

從那一下響，和日本巨無霸所發出那驚心動魄的慘叫聲聽來，日本巨人的手掌背一定已經碎裂得十分厲害了。而木蘭花的身子，也被日本巨人那一掌之力，震得向後退出了一步，也就在這時，那兩個黑人左右包抄，攻了上來。

木蘭花手臂一縮，收回了球棒來，球棒打橫，先左後右，猛地一撞，「砰砰」兩聲，球棒的兩端，幾乎是同一個時間內撞中了那兩個黑人的肚子！

那兩個黑人各自悶哼了一聲，滾下身來。

他們一滾下身子，更給了木蘭花一個機會，她身子突然跳了起來，膝蓋一分，重重地撞在那兩個黑人的下頜之上！

那一撞，當真是沉重之極，令得那兩個黑人一起仰天跌倒，而木蘭花手中的球棒，也在同時，向面前日本巨人的肩頭擊了下去。而她自己，則在一落地之後，便跳出了五六呎，轉過身來。

當她轉過身來之後，那四個巨人的鬥爭能力即使沒有全部喪失，也已喪失一大半了。

木蘭花還想繼續出手時，突然，在她的後面，傳來了那人冷冰冰的聲音，道：「別動，別轉過身來，放下你手上的球棒！」

他講到這裡，略停了一停。然後，才聽得他加強語氣地說道：「木蘭花小姐！」

木蘭花竭力想掩飾自己的身分，當她的名字突然被人叫出來之際，她心中的吃驚，實在是難以形容的，她勉力保持鎮定。

然後，她反問道：「你說什麼？」

那人「桀桀」地怪笑了起來，道：「木蘭花小姐，你不必再否認了，我有許多的證據，可以證明你的身分，你要聽聽麼？」

木蘭花仍然道：「我不明白你在說些什麼！」

她一面講，一面試圖轉過身子來。

然而，她的身子才轉動了一點點，身後的人便厲聲喝道：「別動，我手中握的，是一柄九發的火箭槍，你是一定知道這種槍的厲害的！」

木蘭花當然是知道這種槍的厲害的，是以她沒有再動。

那人又笑了起來，道：「第一，世上能夠打得過這四個人的人不多，如果是女子的話，更是絕無僅有，那就是你木蘭花小姐。第二，我們派出去的人，是替你送巨額支票去的，但你卻沒有收，你的堂妹又參加了飛機殘骸的打撈工作，你跟蹤我們派出的人來到東京，這不是很順理成章的事麼？」

木蘭花冷笑一聲，道：「我看你是在夢囈！」

那人笑得更加陰森，道：「還有，你剛才躍在半空，雙膝頂人的那一式，叫作什麼，是不是叫作『野馬分鬃』？那是一代大宗師兒島強介的絕招，而女黑俠木蘭花是兒島大宗師的弟子，這又是人盡皆知的事！」

那人講到這裡，又縱聲大笑道：「放下球棒，木小姐！」

木蘭花覺得無話可說了，如言把手中的球棒拋到了房角中。

那人冷冷地道：「蘭花小姐，我們派人來向你表示好意，你卻不接受我們的好意，這未免太令我們失望了，是不是？」

木蘭花不出聲。

那人又道：「而且，你居然還來到了東京，想與我們為敵，小姐，你也未免太不自量力了一點，難怪你現在要失敗了！」

木蘭花仍然不出聲。

「嘿嘿，木小姐，但我們的目的，只是用各種各樣的方法來賺錢，而不是去結下仇人，如果你肯答應不再管我們的事，而且，勸服穆秀珍不參加打撈工作，那麼，你立即就可以離去，那小小的意思，我們也一樣會送上給你的！」

木蘭花呆了一呆，她的心中不禁十分詫異。為什麼對方在已占盡了上風的情形下，還如此優待自己呢？她笑了一下，道：「你乾脆將我殺死，不是更可以免我管閒事了麼？」

「不，你弄錯了，我們和其他的組織不同，我們不想亂殺人，而且殺了你，對我們有什麼好處？只不過更多結了高翔和穆秀珍兩個仇家而已。而如果你答應了我們，那你就是我們的朋友了，你看，朋友和仇人，是多一個和少一個，雙倍計算的！」

那人又得意地笑了起來，道：「得了一個朋友，不但多了一個朋友，而且等於消滅了一個敵人，這就是我們成功的秘訣。」

木蘭花道：「很抱歉，我本人不能成為你們的朋友，而且，我也絕不能勸說秀珍不要參加那工作，因為她的未婚夫，是在那架被你們破壞的客機之中的！」

「那真是太不幸了，我代表組織表示哀悼，蘭花小姐，你不必那麼快就作出決定，你可以考慮，但是要請你注意，在迫不得已的時候，我們只願意失去一個朋友，而不願意在失去一個朋友的同時，再增加一個敵人的。」那人冷然地道。

木蘭花道：「我願意考慮。」

她在目前的情形之下，只好這樣說。因為這樣說，她才可以獲得時間，再設法慢慢脫身。

她回答之後，那人道：「好，那就請你向前走，一直向前走去！」

木蘭花只得一直向前走著，在她走到了牆前的時候，牆上的一道暗門自動向上升起，那人道：「向前走，向前走去！」

木蘭花一步跨了進去，她卻未曾料到，那暗門之內是一條十分寬闊的傳動帶，那傳動帶正在轉動著，她一步跨進去，冷不防身子一衝，站立不穩，跌了一跤。

她連忙爬了起來，身後的暗門已經關上了。眼前一片漆黑，她雙手攤開，可以摸到兩旁粗糙的牆壁，她站在傳送帶上，不斷地在向前移動。

可是，眼前一片烏黑，她卻不知道自己被送到何處去！

海底是極其美麗的，尤其當天氣好，海水清的時候。

穆秀珍撥開了一大叢碧綠的海帶，在她眼前的，是一座淺黃色的珊瑚礁，一群海馬，正在上上下下地游動著。

而一條銀白色的海鰻，正在珊瑚礁的縫中向外游望著，等待著食物。只不過這一切，穆秀珍連看也不去看上一眼。

她要找尋的，是飛機的殘骸。

但是，在一天一夜之中，她一無所獲。

當地的海水並不深，但是，據海事圖的記載，這裡有一道十分闊而深的海溝，海溝最深的地方，深達一千一百呎！較淺的地方，也在八百呎左右。

那樣的深度，是不用深水潛艦無法潛到的。

而穆秀珍這時的工作，連她自己也知道，那幾乎是沒有意義的，因為，飛機的殘骸，一定已被海中的暗流捲進那海溝中去了！只有等到深水潛艇運到之後，她的工作才可以有成績。

但是穆秀珍是一個心急的人，如果她能夠等著深水潛艇的到來，而不先潛到海中去尋找，那麼，她也不是穆秀珍了。

穆秀珍在前游著，雲四風跟在後面。

雲四風雖然也在海中，但是他卻並不是在游動著的，因為他的手，是放在一具潛水器之上，潛水器在水中推進。他可以毫不費力地前進。

他將潛水器的速度控制得相當慢。那麼，他就可以一直跟在穆秀珍的後面，而不會尷尬。

穆秀珍一直向前游著，雲四風是知道她要向什麼地方去的，他好幾次想要通過無線電對講機，要穆秀珍別再向前游去。但是他也知道，自己若是勸說穆秀珍，是定然沒有結果的，所以他只有緊緊地跟在後面，並且一手緊握著水底發射的尖槍。

他知道穆秀珍是要游到那海溝附近去。

向前游去，珊瑚礁漸漸增加了，他們似乎在向上浮起，因為海底離他們越來越遠了，但事實上，卻絕不是那樣，他們仍然在一百呎的深度，只不過是海深了！

穆秀珍仍然向前游著，漸漸地，海水變得黝黑了，一大叢一大叢的海草，在微微的擺動著，向前看去，前面的海草似乎擺動得更厲害。

海草是生長得如此之濃密，以致當水草在不斷擺動的時候，看來猶如千千萬萬的狂魔正在海底跳舞一樣，益增深海的神秘。

海草的擺動，是由於海底暗流的影響，而海水變得如此之黝黑，那當然是因為他們已經游到了那個大海溝之上的緣故。

穆秀珍的頭向下，身子向下沉去。

雲四風連忙加快了潛水器的速度，趕到了穆秀珍的下面，道：「秀珍，這海溝之中，一共有七股不同的暗流，你不知道麼？」

穆秀珍游了開去，避開了潛水器，仍然想向下沉去。

就在這時，在黝黑的神秘的海水之中，一條極大的魔鬼魚，突然張開了雙翼了上來，直向他們兩個人撲來，雲四風手指一緊，「颼」地一柄魚槍射了出去，正射中在那魔鬼魚的胸前，魔鬼魚一個翻身，攪起了一股血泉，游走了。

雲四風趕上了穆秀珍，握住她的手背，按下了潛水器的一個掣，潛水器向海面之上，迅速地升了上去，轉眼之間，便浮上了水面。

穆秀珍一到了上面，便除下了面罩，她轉過頭來，不耐煩地道：「放開我，你抓住我的手背幹什麼？誰要你一直跟在我的身後？」

雲四風也除下了氧氣罩，他嘆了一口氣，道：「秀珍，深水潛艇已在用最快的方法運來，明天就可以到了，你何必心急？」

穆秀珍不說什麼，轉身就游了開去。

5 可恥的退讓

雲四風明知穆秀珍的心中不高興，但是他仍然跟在後面，直到穆秀珍上了游艇上的甲板，他才默默地走到船尾上坐著。

穆秀珍一上了艇，除去了橡皮帽，揮散了頭髮，只見工作隊的一個隊員，和調查委員會的一個代表，領著一個有著一頭金色頭髮，身形十分高大的歐洲人，那代表直向穆秀珍走來，道：「穆小姐，我來替你介紹，這位是歐洲第一流的潛水專家，馮德先生。」

秀珍「啊」地一聲，道：「歡迎，歡迎！」

她之所以發出「啊」地一聲，是因為馮德是德國人，的確是極其著名的潛水專家，而且潛水的經驗，是極其豐富的。

滿頭金髮的馮德走向前來，道：「啊，我們有一個這樣美麗的隊長，工作一定可以進行得極其順利了，請接受我衷心的稱讚。」

「謝謝你，馮德先生！」穆秀珍在甲板上坐了下來，「你可要立時開始工作麼？」

「隊長，我剛才研究了一下海事圖，我認為飛機的殘骸，毫無疑問，是被暗流捲到了那個海溝下面去了，你說是不是？」

「當然是！」穆秀珍覺得他很有見地。

「那海溝十分深，人是無法潛下去的，但是，我帶來了兩具『銅人』——」馮德露齒笑著，「那是我自己設計的。」

「你設計的『銅人』，就是你在大西洋，利用它，潛到了九百呎深海中的那種？」穆秀珍興奮地問著，又站了起來。

雲四風也走了過來，可是他一開口，卻得了穆秀珍的一個白眼，因為他道：「秀珍，可是那海溝最深處，是超過一千呎的！」

馮德向雲四風望了一眼，馮德是個見人就露出他雪白牙齒微笑的人，看來他十分和善，而且真誠，他伸出手來，道：「閣下是——」

「他是雲先生，雲四風先生，工作隊的隊員。」穆秀珍替他們介紹著，他們兩人也握了手。

「隊長，」馮德道：「在那次大西洋的潛水之後，我將我的『銅人』作了兩點改進，一點是在海底，它可以由一個推進器，自由行動。第二點改進，是雙手不必露出『銅人』之外，而改由機器臂來來拾取海底的東西，實際上，我的『銅人』，已等於是一艘小型的深水潛艇了！」

「真的？」穆秀珍更興奮了，說：「在什麼地方呢？」

「已經運到艇上來了。」馮德回答。

「快，快吩咐他們抬出來使用！」

雲四風走進一步，道：「秀珍，我認為——」

「叫我隊長！」穆秀珍怒視著雲四風。

「是，隊長，我想，還是等深水潛艇來了之後再說。」

「打撈工作，一切由我決定，這位馮德先生所設計的潛水銅人，是得過國際發明人設計協會特別獎的，十分可靠！」

「可是它最深只能潛到九百呎！」雲四風仍然勸阻著。

「我們就先到達可能到達的最深處去看看！」

這時，幾個水手已將「銅人」推出來了。

那兩具潛水銅人，乍一看來，和普通的似乎並沒有多大分別，它們的身子部分，是十分厚的橡皮，共有兩層，兩層之間是可以充氣的。

充氣的目的是，在海水的壓力增加三倍，氣壓也相對地增加，從而減弱海水的壓力，使人不會覺得在海底下難以生存。

而且，在這兩具潛水銅人的胸前，有著許多操縱掣，可以使穿著這銅人裝的人在海底自由行動，以及抵禦海中巨大生物的襲擊。

這種「銅人」，至少有一噸重，如果是在陸地上，當然是無法移動的，但是在水中，卻可以作有限度的活動，的確足十分巧妙的設計。

穆秀珍仔細地檢查著這兩具潛水銅人，並聽馮德解釋著操縱掣的用途。

銅人的電動力，是由船上供應的，有一條極長的電線聯結船上的發電機，供給需要用電，它的最新設備，是不需要氧氣的供應，只要有電力供應，那麼，附設的「人造腮」就可以分解水中的氧氣，使人得到止常的呼吸量。

馮德還特別聲明道：「如果電流斷了，儲備的電量還可以維持『人造腮』作四小時的氧氣供應，只不過在這四小時內不能行動而已！」

當馮德講到這裡的時候，他向一直站在一旁，現出焦慮不安神態來的雲四風露齒一笑，他有一口異常潔白的牙齒，白得反光。

然後，馮德略帶譏刺地道：「所以，雲先生大可以放心，使用這種潛水銅人潛水，我和我們的隊長都是絕對安全的！」

雲四風十分討厭馮德這個人，因為他竟不禮貌地作回答，他只是想勸服穆秀珍，不要去冒這個險，他有一種極其強烈的感覺：這個馮德是一個不懷好意的傢伙，如果穆秀珍跟他下去的話，一定是會吃他的大虧的。

他先咳嗽了一下，清了清喉嚨。

可是他還未曾出聲，穆秀珍像是早知道他要說些什麼一樣，先冷冷地瞪了他一眼，然後道：「你要是再多說一句廢話，我立刻下令逐走你！」

雲四風忙道：「我要講的，可不是廢話！」

穆秀珍近乎任性地一揚頭，道：「任何勸我不要使用這種潛水銅人的話，都是廢話。我都不要聽，你可明白了麼？」

雲四風嘆了一口氣，沒有再說什麼。他的心中十分難過，因為他對穆秀珍一片真心，若是穆秀珍對他冷淡，他或許不會那樣傷心，可是如今的情形，卻是穆秀珍完全不當他是朋友！

他轉過身，慢慢地向前走著，來到了船艙之中，呆呆地坐著，約莫過了二十分鐘，只聽得外面傳來了叫聲，道：「準備！」

他抬起頭，向外看去，只見兩具潛水銅人都已直立著了，也就是說，馮德和穆秀珍兩人都進了潛水銅人之中。

起重機已將一具潛水銅人吊了起來，通過球形的銅罩上的鋼化玻璃片，可以看到，那個銅人之中是他所討厭的馮德。

馮德被吊出了了船舷，慢慢地向水中放去，當他一大半沒入水中的時候，起重機的鉤子鬆了開來，潛水銅人立時向海中沉下去。

只聽得一個人，望著一個儀表，在緊張地叫著：「五十呎，一百呎，一百五十呎，兩百呎，兩百三十五呎……馮德，這兒是控制臺，你好麼？」

然後，又聽得馮德的聲音，清晰地傳了上來，道：「好，海底的情形良好，可以自由行動，人造腮的功用也良好，我呼吸到足夠的氧氣！」

那人又叫道：「準備！」

於是，起重機又將穆秀珍吊了起來。

雲四風衝出船艙，來到了甲板上，他叫道：「秀珍，秀珍！隊長！」可是，穆秀珍卻連望也不向他望一眼。

有一個人拍了拍雲四風的肩頭，道：「嗨，你要和銅人中的人講話，需要使用無線電聯絡，不然，她是聽不到任何聲音的！」

雲四風連忙向那個操縱控制臺的人走去。

他明知自己最後的勸阻也是沒有用的，但是他卻還想試一試，可是，當他奔向前去之際，起重機的鉤子卻已然鬆開來了！

穆秀珍迅速地向海水之中沉去。

那人又開始在叫了：「五十呎……一百呎……一百五十呎……兩百呎……兩百三十六呎……穆小姐，這兒是控制臺，你覺得怎樣？」

「我很好，我正落在馮德先生的身邊。」

聽到了穆秀珍的聲音，雲四風彷彿安心了些，那個操縱控制臺的人，是一個陌生人，他當然是馮德所帶來的一個助手了。

而所謂控制臺，是一個很大的金屬箱子，上面有著各種各樣的儀表，和許多掣。雲四風雖然對各種機械是一個天才，可是一時之間，也難以明瞭這控制臺的使用法。

他向那人道：「我要和隊長通話。」

卻不料那人竟加以拒絕，道：「對不起，潛水的規則是未發生意外之前，只能由潛水者傳話上來，以免無謂地損耗潛水者的精力。」

雲四風呆了一呆，他並沒有和那人爭論。

他只是站在船舷上，望著海面，海面十分平靜，銅人早已看不見了，他只可以看到兩根密封的，手指粗細的電線，正在不斷地伸展著。

從電線的伸展速度來看，他們兩人的前進速度是相當快的，而且一看到那兩股電線的去向，雲四風就可以知道，他們是直向那道海溝去的。

雲四風在船舷邊上，站立了許久，正當他想要回到船艙中去的時候，忽然，他聽到飛機聲，一架小型的水上飛機，正以相當高的速度飛來。

水上飛機只在上空略一盤旋，便在海面上降落。

駕駛這架飛機的，顯然是一個高手，因為飛機幾乎是在離兩艘遊艇只有二三十呎外停下來的，機門接著打了開來。

由於距離實在很近，是以機門一打開，雲四風便可以看到，在橡皮艇放下之後，第一個出現在機門口的，不是別人，正是高翔。

由於不斷地遭到穆秀珍的冷淡，雲四風覺得一種異樣的孤獨，這時他見了高翔，心中不禁十分高興，叫道：「高翔！」

高翔向他揚了揚手，下了橡皮艇。

跟著下來的是另一個人，那是一個禿頂的歐洲中年人，兩人一起划著橡皮艇，不一會，便由繩梯攀了上來，雲四風迎了上去。

「秀珍呢？」高翔第一句話就問。

「秀珍去潛水了。」

「那麼，新來的潛水專家馮德呢？」

「也下水去了，高翔，你——」

高翔卻向他一揚手，打斷了他的話頭，又道：「那麼，馮德的助手呢？他是帶著一名助手來的，難道也下水了麼？」

「我沒有下水。」那人在控制臺旁揚聲回答。

「很好。」高翔向他走了過去。

在高翔向馮德的助手走去之際，那個禿頂的中年人，正趁人不覺地從另一個方向向那人接近。雲四風是一個極其機靈的人，他立即感到，事情不對勁了。

在他一想到「事情不對勁」之後的半秒鐘，他的心頭便狂跳了起來，因為他感到那種下意識的不祥之感，似乎已經實現了！

但是，他卻沒有去多想這一切，他只是從眼前的情形中，看出這個助手是需要制住的一個人，所以，他也立即從另一個方向，向那助手走了過去。

高翔、雲四風和那禿頂中年人的行動，在事先是絕未曾約好的，但是他們都不約而同地走去。

當他們接近那助手的時候，那助手震了一震，向船舷橫跨了一步，像是想跳到海中去。

但是，雲四風立時向他逼近了過來，他又退一步，靠近了控制臺，伸出一隻手來，輕輕放在控制臺的一個大紅按鈕之上。

高翔來到了他的面前，道：「你就是馮德先生的助手臺爾曼？」

那瘦削而帶有幾分陰鷙的德國人沉聲應道：「是。」

高翔又問道：「你和馮德先生合作已經有七年了？」

「是，」臺爾曼有點不耐煩，說：「你是什麼人？」

「我是本市警方的負責人，也是飛機失事調查委員會的委員，至於這位，我想你應認識的，他是國際警方派駐漢堡的代表。」

「那和我有什麼關係？請不要打擾我的工作，你們看看！」臺爾曼指著兩個儀表，「他們兩人，正在六百二十呎的深海之中！」

高翔呆了一呆道：「你可以離開五分鐘麼？」

「不能，一秒鐘也不能！」臺爾曼立時回答。

高翔又呆了一呆，他望著臺爾曼手下的那個紅色的鈕掣，在那個鈕掣的旁邊，用紅字寫著：「極度危險，人造腮控制掣，不得亂碰。」

高翔沒有說什麼，只是道：「那很好，他們預定潛水多久？你可能和他聯絡一下？報告他，有人從漢堡來，想問他一句話。」

臺爾曼突然陰森地笑了起來，道：「不能！」

他在講了「不能」兩個字之後，略停了一停，然後又道：「你明白，我也明白，我相信我們不必講明了，你以為是不是？」

「是的。」高翔無可奈何地點著頭。

高翔的這一個行動，是大大地出乎雲四風意料之外的。他和高翔相識的日子雖然不久，但是他自問對高翔的個性十分了解。高翔絕不是輕易向人屈服的人！

雲四風忙道：「高翔，什麼事？」

高翔苦笑一下道：「來，我們到船艙中去。」

雲四風更是莫名其妙，但是他卻看到高翔和那禿頂中年人向船艙中走去，雲四風連忙跟了進去，一進艙，便又問道：「究竟怎麼了？」

「四風，事情麻煩了。」

「唉，究竟是什麼事情啊！」

「潛水專家馮德在接到了委員會的聘請之後，表面上看來，他是立即和助手帶著器械啟程了，但事實上，他卻被人謀殺在一幢空屋之中，屍體遭到了可怕的破壞，只不過警方終於還是證明了，那具屍體是潛水專家馮德……」高翔一口氣說著。

雲四風聽到了這裡，幾乎連血液都凝結了！

「可是，根據警方的記錄，」高翔續道：「馮德和他的助手前來本市了，於是很簡單地，當時得成了結論，有人謀殺了馮德。假冒他前來！」

雲四風幾乎站立不穩，他驀地後退一步。

他喘了一口氣，那是不由自主的，這種驚人的壞消息，使他感到異樣的窒息。他道：「那麼，秀珍她……她是和一個……」

「和一個殺人的凶手，一起在六百呎的深海之中。」

「那我們為什麼不逮捕臺爾曼？他一定有份的。」雲四風說。

「是的，可能他還是謀殺的共謀，但是你看到沒有，他操縱著控制臺，他只要伸手輕輕地一按，秀珍便沒命了！」

「那我們怎麼辦？」雲四風近乎絕望地叫著。

「我們要商量，商量對策！」高翔苦笑著。

「臺爾曼是可以和海底通話的，他一定也知道事情已經暴露了，難道他不會通知凶手加害秀珍麼？不行，一定要先將他制住。」雲四風激動地說。

「將他制住了，誰會使用這具控制臺，令他們兩人上來呢？」高翔緊皺著雙眉，道：「但他也是走不了的，他一定會要求我們撤退，好讓他們逃走。」

高翔的話剛一講完，就聽得臺爾曼叫道：「喂，你們的會議完畢了沒有？」

這時，船上的其餘人全然不知道已發生了那麼嚴重的問題，因之，對於臺爾曼的高叫，好幾個水手都以異樣的眼光望著他。

「商議定了。」高翔簡單地回答。

「結果怎樣？」

「想聽你的條件。」

「你們過來！」臺爾曼高叫著。

高翔等三個人，又一起向外走去，來到了臺爾曼的面前，臺爾曼道：「眼前的情勢，我是占著絕對優勢的，因為穆小姐在海底。」

「是的。」高翔無法不承認。

「你們三人，立時離去，而且，切斷兩艘船上的無線電聯繫，使你們不能通知別人關於我們的事情，八小時之內，你們不能在我的視線範圍之內出現。」

「然後會怎麼？」雲四風咬牙切齒地問。

「然後，穆小姐才有機會自深海之中上來。」

高翔等三人，面面相覷。

「你們可以搭快艇走，將水上飛機留給我，沒有人會知道你們為什麼來，為什麼走，而水上飛機對我們的安全，十分有用。」

高翔似乎已然有了決定，因為他的神態變得安靜而鎮定，他攤了攤手，道：「那很容易，我們答應就是了，在你們走脫之後，請向我代你們的指揮人物致意，說我十分佩服他，因為他有一個十分精靈的頭腦，想得出這種辦法來。」

雲四風急道：「高翔，不能放他們走，他們可能找到那煉製石油的新法子的，你看，他們已經在七百四十呎的深海中了！」

「是的，他們可能找到，但，也只好讓他們離去。」

「他們未必會守信義，他們可能會擄走秀珍，傷害她的！」雲四風急得在額頭之上，滴下了豆大的汗珠來，他也顧不得去抹它。

「我想！他們如果是聰明的話，他們不會的，因為如果他們對秀珍不利，那麼，木蘭花是絕不會放過他們的，他們會冒這個險麼？」

高翔轉過頭去，問道：「會麼？」

臺爾曼道：「你說得對，我們不會。」

高翔向雲四風一招手，道：「來，我們走，臺爾曼先生，為了秀珍的安全，我們也不會暴露你們的身分的，無線電設施若是破壞了，反倒引人起疑了。」

臺爾曼呆了半晌，道：「好，那你們走吧。」

高翔等三人，循著繩梯，爬到了艇尾的快艇之中，高翔駕駛著快艇，向前飛也似地駛了出去。

快艇駛得實在太快了，海水在艇首飛濺而開，向兩旁散去，使得快艇看來像是一頭有著兩個巨大翼的史前「翼龍」一樣，十分壯觀。

雲四風緊緊地咬著牙，道：「高翔，我要下海去。」

「四風，你絕不能潛到七百呎深的，七百呎深的深海，是一個缺少了精密機器的幫助所不能到達的境界。」

「可是秀珍卻和一個殺人凶手在一起。」

「我們已作了退讓，可以說是可恥的退讓，秀珍會安全的，四風，就算木蘭花在，我想她一定也是作這樣的決定的！」

雲四風默默無語。他心中像是壓著幾噸重的鉛塊。

突然，他聲嘶力竭地怪叫起來，發洩著他心中的悲憤，擔心和難過。

七百多呎深的海底，的確不是人類不藉任何機器的幫助而能到達的地方。雖然只不過七百多呎，在陸地上，人向前跑出七百多呎，只需要不到半分鐘的時間。

但是，要深入海中七百多呎，卻要用盡人類如今所能發揮出來的智慧！

在一到了海底之後，穆秀珍和馮德便按動了控制掣，迅速地向前移動著。

他們越向前去，海床便越是深，當他們終於來到了海溝的邊際之際，已是七百多呎深了。

那兩具「潛水銅人」的功能，十分之好，人造鰓的工作也正常，他們的呼吸一點也沒有發生困難，而且行動也十分靈便。

這時候，充氣的夾層已脹了起來，他們的身子看來像是圓球一樣。在海溝邊上，穆秀珍揚目向前望去，她只覺得自己不像在海底，而像在沙漠之中。

海水黝黑而平靜，略為有一點閃光，海底的沙細而白，那情形，就像是月夜的沙漠一樣。在五百呎深之後，幾乎已沒有海草了。

當他們才在海溝邊上停下來之際，有一條巨大的魔鬼魚，貼著海底的沙，向前疾滑了過去，在沙中帶出了一條深溝來。而一些透明的，深紅色的海蚯蚓，則在沙中，竄動著牠們的身子，看起來和沙漠中的毒蠍極其相似，使人不寒而慄。

向前望去，海溝是突然深陷下去的。

根據海事圖上的記載，海溝最深處，是一千二百多呎！這時看來，就像是再向前跨出十來步，就可以到達地球的中心一樣地深！

穆秀珍用機械手按下了一個掣，道：「馮德先生，你看我們是不是還能繼續向前去？我們現在，已經在七百呎的深海了。」

「我想可以到達八百呎，但行動不妨小心。」

穆秀珍答應了一聲，他們兩人又慢慢地向前走了出去，每向前移動三呎，就深一呎，以這樣的比例下降著，在他們移出了一百呎之時，穆秀珍首先看到了機尾！

那的確是一個機尾，它的方向舵還十分完整，它一大半埋在沙中，但是露在沙面上的方向舵，卻還在寂寞的深海之中，閃著銀光。

穆秀珍陡地吸了一口氣，她的心中，也在同時生出了一陣絞痛。那飛機，就是和她的未婚夫一起毀滅的飛機，如今，飛機還有殘骸在，可是馬超文呢？

穆秀珍想到這裡，幾乎沒有勇氣再向前走去，但是，她卻看到馮德向前的去勢正在加快，那證明他也看到那機尾了。

穆秀珍竭力定了定神。她在心中自己對自己說：馬超文是被人卑鄙地謀殺死的，死的還不止是馬超文一人，她應該為所有的飛機殉難者報仇！

她要為殉難者報仇，就必須先設法找到那放在特種金屬管中的石油新提煉法，那麼，殺人組織便一定會來找她，她就可以有機會和仇人接觸了。

所以，她也立即向前移動。不到兩分鐘，他們兩人都到了機尾旁，他們操縱著機械手，將機械手伸長，漸漸地將機尾從沙中抬了起來。

機尾從沙中被抬起之後，他們可以看得非常清楚，斷口處是倒捲的，證明爆炸力之強。

穆秀珍道：「我們先設法將這機尾弄回去！」

馮德卻回答道：「不，我們再找找，看看可有什麼別的殘骸，這機尾那麼大，我們也沒有法子運送，還是等潛艇到了再說。」

穆秀珍呆了一呆，並沒有反對，他們將機尾移到了一塊岩石上，放了下來，這時，揚起的沙又已沉下去了，馮德熟練地操縱著機械臂，在海沙之中翻攪著。

有不少金屬碎片從沙中被找出來。其中甚至還有一個金光閃閃的皮帶扣子，那皮帶金扣子上，還連著兩吋來長的一截鱷魚皮帶，那當然是乘客的遺物了。

穆秀珍當真不敢想像，若是忽然找到了一件馬超文的遺物，她是不是能夠支持著不昏過去，由於在不知不覺中向海溝深處漸漸地移動著的緣故，他們已來到了更深的地方了。

突然，穆秀珍看到馮德頭上的一盞小紅燈陡地亮了起來。

「馮德先生，你頭上的一盞小紅燈亮了，這是什麼意思？」穆秀珍立時提醒他。

可是，她卻沒有得到回答。

她只看到馮德的臉色，忽然間變得十分緊張。同時，她看到馮德的口唇在不斷地動著，分明是在講著話，但是穆秀珍卻又聽不到他的聲音。

起先，穆秀珍還以為自己和馮德之間的無線電聯絡斷了！

她試圖從馮德口唇的動作上，去揣測他在講些什麼。但是，穆秀珍卻立即發現，馮德並不是在對自己講話，那不只因為馮德眼睛連望也不望向自己，而且，穆秀珍揣摩不出一個字來，因為馮德並不是在講英語。

他一定是在講德語，那麼，他是和他的助手在講話了。

為什麼？為什麼？是出現了什麼故障了麼？為什麼他要單獨和助手通話，而不讓自己知道？何以自己並沒有覺得任何不適？

她心中充滿了問題，她又叫道：「馮德先生，你可聽得到我的聲音麼？有什麼麻煩，請你告訴我，我們一起來分擔。」

馮德的眼睛向她望過來了。

同時，她也聽到了馮德的聲音，道：「穆小姐，你必須後退，後退到六百呎的深處，據控制臺的報告，你的銅人已出了毛病。」

穆秀珍呆了一呆。「我並沒有感到不適啊。」

「等到你感到不適時，你已經要被海水的高壓壓死了，快退後，儘量地快，在六百呎深度處，那將是十分安全的。」

「那麼，你呢？」

「我再繼續尋找，你在六百呎的深處等我，一直見到我回來為止，你明白麼？」馮德的聲音，聽來像是十分惶急。

穆秀珍覺得其中有一個想不通的問題在，可是一時之間，她卻又想不起問題的癥結是在什麼地方。既然馮德這樣講，那麼她只好向後退去。

她轉過身，向前移動。

她看到隨著她向前的移動，電線也迅速地在向前縮了回去，那分明是控制臺也知道她已經向較淺的地方在移動著了。

穆秀珍看著指針，等到她來到了六百呎的地方，她停止了移動，轉過身來，她已看不見馮德了，因為她上升了兩百呎，等於已移動了六百呎。

在海水之中，視野是不能夠達到那麼遠的距離的。

她站定了之後，心中在盤算著：這項工作總算有成績了，從那個金皮帶扣還十分完整這一點看來，那金屬管一定還在的。

就算馮德如今沒有法子到達一千二百呎的深度，那麼，當圓形深水潛艇運到之後，也一定可竟全功了。穆秀珍低嘆了一聲。

她用機械手取出了那個皮帶扣子來，閃閃的金光，引得一條足有六呎長的鐵頭魚，停在她面前四五呎處一動不動。

穆秀珍揚起機械手來，那條鐵頭魚嚇得箭也似地逃走了。

穆秀珍看到那皮帶扣子上，刻著「I．T．B」三個字、那像是一個人名的縮寫，照這三個字母看來，這個人更可能是中國人。當然，也可能是歐洲人或者是阿拉伯人，穆秀珍又嘆了一口氣。

有了這三個字，再和乘客的名單相對照，一定可以找到這個扣子是屬於什麼人的，他的親人見到了這個扣子，不知道有什麼感想？

一個人，活生生的一個人，在剎那間毀滅了，就剩下了那樣的一個扣子！皮帶也只剩下了兩吋來長的一截，由此可知這爆炸是如何地猛烈，而那個人……

穆秀珍閉上了眼睛，不敢再向下想去。

因為馬超文也是一樣死法的。

或許這樣死，是一點痛苦也沒有的吧，但願如此。

穆秀珍胡思亂想著，她將那扣子又放好，她打開了和馮德通話的掣，道：「馮德先生，我已返到安全的深度了，你好嗎？」

「我很好，我想再找尋一回。這是我一貫的工作態度。」

「你是一個十分負責的人。」

「謝謝你的稱讚，隊長。」

6 運氣

穆秀珍在海底緩緩地移動著，她看到幾隻潔白的，奇形怪狀的海螺，在漸漸地移動著，大海中的生物，實在是極之奇妙的。

穆秀珍漸漸地覺得心急了起來，她至少等了有一小時了，或者沒有，但無論如何，馮德是不適宜工作得太長久的。

她想命令馮德和她一起回去。於是，穆秀珍又按下了通話掣，道：「馮德先生！」

她一連叫了兩次，都聽不到馮德的回答。

穆秀珍呆了一呆，再道：「馮德先生，我認為我們該上去了，請你立即來與我會合，別忘記整個打撈工作，是由我領導的。」

她講完了之後，仍然沒有馮德的回答，穆秀珍覺得十分不妙了，她又講了一遍，然後在等了一分鐘之後，她按下了另一個掣。

那個掣，是使她能和控制臺通話的。

在她按下那一個掣的時候，她的腦中突然一亮。

有時是這樣子的，心中有一個疑點，但是這個疑點在什麼地方，又想不起來，可是突然之間，會因一個動作而想起來的。

穆秀珍那時的情形，就是那樣。

當她剛才離開馮德的時候，她的心中就有一個問題，但是她卻又不知道問題的癥結是在什麼地方，但這時，她找到問題癥結的所在了。

她心中所存疑的那個問題是：如果是控制臺發現她的潛水銅人有問題，那麼，為什麼不直接和她通話，而要告知馮德呢？

一想到這個問題，穆秀珍的心不禁狂跳起來。因為這至少說明，在控制臺和馮德之間，有著某一種秘密，是不能給她知道的，不但不能給她知道，而且還要將她支開！

這是為了什麼？

她定了定神，叫道：「控制臺，控制臺，我是穆秀珍。和我通話，快和我通話！」穆秀珍不斷地叫著，可是她竟得不到回答。

穆秀珍真正感到吃驚了。

連控制臺都沒有了消息，那麼她該怎麼辦呢？

她當然只好快些回到船上去了。她連忙利用機械手按下前進的掣，可是當她按下了這個掣之後，身後的翼轉動了起來。

那翼轉動了五分鐘，使穆秀珍向前進了兩百多呎，她注意到電線並沒有因為她的前進而收縮，可知控制臺實際上沒有人在工作了。

穆秀珍那時，心中雖然吃驚，但是她心想，自己若是趕到船的下面，那麼只不過兩百呎來深，她是應該可以脫身的。

但是，就在她前進了兩百呎之後，她發覺前進的速度突然慢了下來，而她按下的掣，是全速前進的，穆秀珍在一個錯愕間，前進竟然停止了！

她站在海底上，不論她按哪那一個掣，都不能移動分毫！

她看到了深水程度，是五百九十呎。那還是人不能潛達的深度，如果這時，在這樣的深度之下，她脫出潛水銅人，向上浮去，那麼，她當然可以浮到海面上的。

但是在三百呎到五百九十呎這一段時間內，由於她受著過度的壓力，當她上升到三百呎以上，接近水面的時候，由於壓力的突然減輕，她是會死得極其悲慘的！

而這時，她的潛水銅人又不能動了！

穆秀珍的心中吃驚到了極點，在整整的兩三分鐘的時間中，她腦中一片混亂，簡直什麼都不能想，等到她終於定下神來之際，她發現自己的呼吸並沒有困難，於是她明白那是怎麼一回事了，馮德曾和她講過，那是電源已經斷了的表示！

電源斷了，如今人造鰓是使用後備電力在維持活動的。而後備電力只能維持四小時。也就是說，至多四小時，她將因窒息而死在潛水銅人之內，除非她能夠令得潛水銅人向前移去，到打撈船的下面去。但這是不可能的，太重了，她移不動。

她無法指望人家來救她，因為她在六百呎的深海中。

她唯一求救的門路，便是無線電話了！

當她想到這一點之際，她不斷地用無線電話，想和控制臺和馮德聯絡，但是時間一點一點地過去，穆秀珍依然在六百呎深的海底一點進展也沒有！

六百呎深的海底！

穆秀珍本來是一個最愛闖禍的人，但是一想到自己將死在六百呎海底之際，心情就不同了。唯一使她略感安慰的，是她如果死了，那麼，她是死在一個離馬超文的葬身處十分近的地方。

因為想到了馬超文，她又想到了被她冷淡的雲四風。雲四風曾經勸阻過她，叫她不要下海，但是她卻沒有聽！

這時，穆秀珍的心中不免十分後悔，她希望那只是機件故障。因為，如果只是機件故障的話，那麼很快就會有人來救她的，很快，甚至不需要半小時。但是，事實上，她停在海底已有兩小時了。

那麼，這就不是機件故障了！

已過去了兩小時，還有兩小時，會不會有人來救自己呢？雲四風呢？雲四風在什麼地方？何以他竟不來救自己呢？

這時，儲備電力已漸漸轉弱了，雖然「人造鰓」仍然在工作，但是所得的氧氣量已然不是十分充足了，所以穆秀珍才陷入了胡思亂想的境地之中。

木蘭花在黑暗之中，被傳送得向前前進。傳送帶的轉動似乎越來越快，終於，木蘭花的身子向下一沉，「砰」地向下跌去。

木蘭花當時縮起身子，這樣可免下跌時受傷。

她大約下跌了六七呎，便觸到了硬地。木蘭花立時在地上打了一個滾，站了起來。她先打橫跨出了兩步，同時伸出了手，跨出了兩步之後，她的手觸到了牆。

那牆十分粗糙，她先行靠著牆站定，然後，自皮帶中取出了一隻小電筒來，按亮了之後，四面照射了一下。在看清楚了周圍的環境之後，她心中不禁吃了一驚。

那是一間不到一百平方呎的地下室，沒有窗，也沒有門，木蘭花甚至不知自己在什麼地方跌進來的。

當然，門是有的，但那一定是一道暗門。

在天花板之上，有著一排九個小小的圓孔，那無疑是通氣洞。木蘭花先抱著膝坐了下來，然後，她開始思忖著對策。

看來，要逃出這個密室是一件十分困難的事。

然而木蘭花是絕不畏怕困難的人，她站了起來，憑著記憶的方向，向她跌進來的那面牆上，去摸索著尋找暗門的所在。

可是，她尋找暗門的行動開始了只不過半分鐘，突然，聽得「嘩嘩」的一陣水響，天花板上那九個徑寬一吋的圓孔中，水如同瀑布似地漏了下來。

九個一吋口徑的圓管，同時出水，出水量是十分可觀的。轉眼之間，積水已達兩吋，木蘭花大叫起來，道：「喂，不是你們叫我考慮的麼？」

水立即停止了，接著，便聽一個人道：「是的，我們叫你考慮，但是卻沒有叫你去摸索暗門，你必須老老實實，明白麼？」

木蘭花苦笑了一下，道：「好了，那你們將水放去！」

幾乎是立即地，木蘭花聽到了水從小孔中流出的「嗤嗤」聲，她在小電筒的照射下，看到房間的四角都出現了去水的小孔，水一會兒就流盡了。

木蘭花明白她的行動是受監視的，她幾乎沒有逃走的餘地，也就是說，她只好「考慮」，然而，有什麼可以考慮的呢？

她其實沒有考慮的餘地，因為她絕不能接受對方的條件的。而且，她就算屈服了，她知道穆秀珍也不肯放棄打撈工作的。

自己無法脫困，又不能接受對方的條件，只剩下一條路可走了，那就是：和對方談判，希望可以趁機走脫。

但木蘭花已和對方接觸過，知道對方絕不是容易上當的人，而且這樣做，等於是變相的屈服，木蘭花也是十分不願意的。

水流完之後，有些地方已經乾了，木蘭花又在地上坐了下來，托著頭，她知道自己是受監視的，監視她的「眼睛」，自然是電視攝像等了。

電視攝像管是裝在什麼地方的，木蘭花並沒有興趣去研究，因為她就算找到了也是沒有用的，她不能有所行動，她一有行動，水就流下來了。

水一流下來，自己為了避免淹死，就非停手不可！而且，就算不淹死，身子泡在水中，也等於是在坐古代的「水牢」一樣，那當然是極不舒服的了，還是不要亂動的好。

木蘭花在地上坐了一會，又站了起來，她的心中仍然在想，暗門在什麼地方呢？這間房間，大約是二十呎高，自己從暗門中跌進來的時候，約莫跌下了六呎至七呎，也就是說，暗門是開在那牆的上半部的，木蘭花幾乎可以肯定，暗門是開在離地六呎處的。

因為她剛才是躺在傳送帶上被帶到這間密室中來的，她進來的時候，頭並沒有撞到什麼，她的身高是五呎七吋，如果暗門在六呎以上，那麼，她的頭一定要撞在門楣上了。

木蘭花又想到，不論暗門多精巧，因為它是要開闔的，它一定有一道縫，就是極薄的東西可以插進去，然後，在薄片外掛上一小包爆炸力極強的烈性炸藥，一拉引子，就可以將暗門炸開來，自己也就有了脫身的機會了。

可惜的是，這種烈性炸藥，她的身上雖然有，但是由於爆炸性太強烈的緣故，爆炸的時候，卻是會將她也炸傷的，最好是用沙包掩起來——

當木蘭花一想到「沙包」的時候，她的計畫已完成了！

在這間小房間中，空無所有，當然不會有沙包。但木蘭花卻立刻想到，天花板上是有水流下來的，水的阻力十分大，如果水到六呎以上，那麼，爆炸在水中發生，就不會炸傷她了，而且，如果水深六呎以上，她在水中行動做些什麼事，敵人方面是無法看得到的！

而要監視她的人放水，那實在太容易了！

她只要有「不規」的行動，監視她的人，就會放水來「懲罰」她的。這間房間中放滿了水，對她來說，的確是一件懲罰——如果她不動腦筋的話。

但是她動一動腦筋，那情形就人不相同了，水越是放得深，對她的行動，就越是有利。

木蘭花竟能夠利用敵人設置的機關，來為自己的脫身打算！

她打定了主意，先從鞋跟中取出了一支小鎚來，在壁上用力地敲打著，果然，敲打了只不過幾分鐘，「嘩嘩」的水又從上沖了下來。

同時，有一個粗暴的聲音，道：「喂，你若不是安分些，水就一直不停的流！給浸在水中，可不是鬧著玩的啊，那是自討苦吃了！」

木蘭花並不理會，仍然不斷地敲著。

同時，她留意著水向上漲的速度，大約是每一分鐘上漲三吋左右，她要求水高是七呎，那麼，有二十八分鐘就可以了。

二十八分鐘，差不多是半小時。她必須在這半小時之中，不斷地激怒那個監視人。而且這時候，她既然不怕水，她也可以公然地活動，她來到了那幅暗門之前，用鎚子不斷地敲著，同時，用小電筒照著。

不到五分鐘，她已發現了暗門的縫，不出她所料，暗門的縫是在離地六呎處，她用鎚子敲去了一些水泥，使得等一會兒插起金屬薄片來容易進行些。

其時，水深已然來到她的膝部了。

而且那九個圓孔之中，水仍然不斷像瀑布也似地倒了下來，等到水來到她的腹際的時候，只聽得另一個聲音道：「木蘭花小姐，請你停止！」

木蘭花怒道：「我為什麼要停止？你們能將我囚禁在這裡，難道我就不能設法逃出去麼？」

「嘿嘿，木蘭花小姐，你未免太不自量力了，你這樣用小鎚子東敲西打，就可以逃出這間密室了麼？」那聲音諷刺著。

「我當然有我逃走的方法。」木蘭花冷冷地回答，這句話是虛中有實，實中有虛的做法。

她的確已有了逃走的方法，但只要對方想不到的話，那麼她這樣照實講了，對方反而會以為她在虛詞恫嚇，不會相信的。

那人又「嘿嘿」地冷笑著，道：「木蘭花小姐，等到你的辦法付諸實行時，只怕水已高過你的頭部，那時，你只好在水中考慮我們的條件了！」

這時候，水已經到了她的胸際了。

木蘭花冷笑道：「那不是對你們更有利麼？」

那人也發起怒來，道：「好，你什麼時候停止想逃走的念頭，你就通知我們，要不然，水不停地放著，你可是自討苦吃！」

木蘭花回報以一陣冷笑，她已經找到暗門的所在，有把握可以將暗門爆開來，她還怕什麼，是以她仍然到處敲打著。等到水來到了她的頸子之際，她已經站不穩了，她雙足蹬動著，浮了起來，她的手在水中，旋開了另一隻鞋子的鞋跟。

從那隻鞋跟中，她取出了一小塊扁平的東西來，大約有一平方吋大，八分之一英吋厚，是密封著的，一面，有一根引線。

她並不將那東西取出水面來，而只是放在水中。

因為如果她一將那東西取出水面的話，監視她的人，如果是有經驗的人，就可以看得出，那一小方塊東西，事實上是極其烈性的炸藥！

那麼，敵人就會知道她的逃亡方法而加以預防了。

水在繼續升高著，不多久，便已高過了六呎。木蘭花雙手在水中，在那一小塊烈性炸藥之上，輕輕拉出一片極薄的鋼片來，她的雙足則不斷地蹬動著，使她的頭部能夠留在水面之上。

然後，她將那小鋼片用力插進了暗門的縫中。

水繼續在高漲，已經七呎了！

那聲音怪笑著，道：「木蘭花小姐，你快要投降了，三十分鐘內，你非投降不可，因為你不能在水中生活的，是不是？」

木蘭花冷笑著，道：「不一定。」

那聲音仍然在笑著，木蘭花已用力一拉引子。

她拉著引子之後，知道在五分鐘之內，炸藥便會爆炸了，她雙足一蹬，向房間的另一角落游了開去，她剛游出，爆炸便發生了！

爆炸雖然是在水中發生的，可是那聲音之中，威力之猛，仍然令得木蘭花在那一剎間不能自主，她首先聽到一下震耳欲聾的響聲，接著，水像是巨浪一樣地向她湧了過來，將她的身子重重地撞在牆上，但是水的力道未過，又倒捲了回來。

水成為巨浪倒捲向暗門，將木蘭花的身子也帶了出來，當木蘭花身不由主地向暗門撞去時，恰好看到暗門倒了下來。

人有時候是不能不講一下運氣的，像木蘭花這時那樣，她是身不由主被爆炸掀起的巨浪向前撞出去的，如果倒下來的暗門恰好砸向她的身上，那麼她不死也要受傷了！

但是當她向前跌出，暗門倒下來之際，暗門在她身前半呎處跌過，而木蘭花立即被浪頭直拋下門外，跌在傳送帶之上，

她眼前是一片漆黑，只聽得嘩嘩的水聲，水向外湧了出來，她躺在傳送帶上喘了一口氣，便聽得一陣急驟的鈴聲響了起來。

那一陣鈴聲，自然是在警告：有人逃走了！

木蘭花雙手攀住了傳送帶，身子向下一滑，她騰出一隻手來，按亮了小電筒，在傳送帶下面的，像是一個機房，有許多齒輪和機器。而這些機器，正在遭受湧出來的水的破壞。

電箱在迸射出火光來，冒出一股股淡煙，顯然已經毀壞了。也就是說，這間屋子沒有電可用了，機關當然也失靈了，這使木蘭花放心不少。

同時，在那短短的時間中，她又看到，在電箱之旁有四五級石階，通向一扇滿是鐵銹的小門，這時，水正向那扇鐵門流去。

木蘭花心中一動，那扇鐵門極可能是通向下水道去的，那麼，她就有可能通過下水道而逃走了！

她連忙一縱身，落到了石階之上。

那鐵門上有一個門栓，並沒有鎖，木蘭花輕而易舉地將之打開，果然，外面是

下水道，而這時，嘈雜的人聲已傳過來了，下水道中的水當然是十分骯髒的，幸而圓拱形的下水道兩側都有五吋寬的石塊凸起，木蘭花彎著身子向前盡快地移動著。

敵人當然可以從那扇被打開的鐵門中，知道她是由下水道逃走的。但是，東京地下的下水道，密如蛛網，只要她有機會奔到岔道，幾個轉彎過去，敵人是無論如何找不到她的。

她奔出了二十碼，立時轉入了一條較小的下水道中，然後，她不斷地轉著，在下水道中竄著，過了半小時之後，她知道自己是完全安全了。

她鬆了一口氣，雖然下水道中的空氣污濁而腐臭，但那總算是她逃出來之後的一口自由的空氣，她已經擺脫了敵人，自然要設法離開下水道了。

她向前走動著，她知道每一個城市的下水道都是一樣的，在一定的地方，一定有一個樞鈕，是有鐵梯可以通到馬路上面的。

她只揀粗大的下水道管走去，不多久，便找到了這樣的一個總樞，她攀著鐵梯，爬了上去，到了那塊鐵板的下面，側頭傾聽著。

鐵板的上面，當然是馬路，但如果是鬧市的話，她這樣一身濕地鑽了上去，不使得所有的人怪叫連聲才怪，她當然希望那是一個靜僻的所在。

她聽了片刻，好像只有一兩個人走過，這分明不是什麼熱鬧的所在了，於是，她用肩頭用力頂著，頂開了鐵蓋，一縱身，她已站在路面上了。

那是一條十分幽靜的街道，並沒有人看到她。

木蘭花連忙奔前十來碼，在一個不易為人發覺的角落中站定了身子，一直到她身上的衣服到半乾的程度，才走了出來。

反正她是裝成一個新潮派的年輕人的，這一類的年輕人，本就是不注意什麼整潔的，是以她的樣子雖然狼狽，也沒有什麼人注意她。

她向市區走去，在經過一家衣服店的時候，她買了一套廉價的女服，然後，在經過第二家衣服店的時候，又買了一套較好的。

她這樣不斷地替換著，並且，也抹去臉上的化裝，換上她飛來東京時的化裝，等她到了酒店的門口時，她又完全是一個西班牙女郎了。

她出來的時候是偷出來的，回去的時候，卻是特地從酒店門口走進去的，在大門口的門後，她看到四個男人目瞪口呆地望著她。

而當她來到了走廊之後，三個「女學生」，兩個「女招待」，像是傻瓜一樣地向她看著，木蘭花笑了一下，道：「可有人來找我麼？」

那五個人當然全是女警化裝的，她們一直監視著木蘭花的行動，絕未曾看到木蘭花出去過，但忽然木蘭花從外面走了進去，如何不驚？

木蘭花卻一直笑著，不理會她們，來到了門口，用鑰匙打開了門，閃身而入。她的第一件事，便是將那個橡皮人的氣放去。她自己坐在沙發上。

直到這時，她才能定下神來，仔細想一想自己到東京來之後的收穫，和以後應該使用什麼對策。

至於收穫，她可以說沒有什麼。雖然她獲得了那個地址，也在那個地址中遇到了「ＫＩＤ」的遠東代表，但結果，她卻是失敗了的。

雖然她是逃出來的，但木蘭花對自己的要求是十分嚴的，她並無所獲，而且，由於她的逃走，「ＫＩＤ」方面，當然會立即放棄那個地址的。

那也就是說，她等於失去一個線索！

她有什麼法子，再和「ＫＩＤ」的人接觸，並且獲知有關他們總部的一切，從而將這個恐怖的組織一舉而撲滅之呢？

木蘭花苦笑了一下，一時之間，她心中亂得很，她想打電話，先和高翔聯絡一下，然後再問問穆秀珍打撈工作進行得怎麼樣了。

她拿起了電話來，可是她剛一拿起電話，便在電話的聽筒中，聽到了另外一下十分輕微的「卡」地一聲。

這一下聲響，聽在別人的耳中，或者不會怎麼在意的，但是木蘭花卻立即呆了一呆，而且，她也立即知道，那是怎麼一回事了！

那是：當她拿起電話聽筒的時候，另外有人，也拿起了和她電話相連的分機的聽筒，目的當然是很簡單的了，想偷聽她的電話！

這時，接線生的聲音，已經傳了過來，道：「請問你要打到那裡去？」

木蘭花忙道：「對不起，我不想打了。」

她放下了電話。

同時，她的心中，也發出了一個疑問：是誰在偷聽她的電話？是警方人員？還是「ＫＩＤ」方面的人員？但不論是誰，她總不能再打電話給高翔了。

因為她一打電話給高翔，她的身分就暴露了。

而她既不想在警方面暴露身分，更不想在「ＫＩＤ」人員前，暴露自己是木蘭花。「ＫＩＤ」當然知道木蘭花是在東京，但是他們卻不可能知道，木蘭花忽然又成了一個南歐少女！

木蘭花倒希望偷聽她電話的是「ＫＩＤ」方面的人，那麼，她就又有機會和敵人接觸了。

她放下了電話之後，伸了一個懶腰，就在這時，有人「トトト」地敲門。

「進來。」木蘭花答應了一聲。

7 山口見一

門被推開了，進來的是那位日本警官。

那日本警官的臉上，是一副被捉弄了的神色。

他走進來之後，首先四面看了一下，然後坐了下來，他的態度十分不客氣，道：「小姐，你究竟是什麼人，不應該和我們開玩笑。」

木蘭花笑道：「你以為我是什麼人呢？」

那日本警官睜大了眼睛，朝著木蘭花，好半晌，才搖了搖頭，道：「不知道，真的我不知道，我的部下說，你才從外面回來？」

「是的。」

「可是，我派在酒店附近保護你的人，一共有十二個之多，他們都發誓說沒有看到你出去，有兩名探員更發誓說你一直坐在這張椅子上。」

「或許是。」木蘭花冷冷地回答。

「小姐！」那警官像是叫屈也似地叫了起來，道：「你要知道，你是牽涉到一件可怖的命案之中，不應該用這樣的態度對我們的。」

「那麼應該用什麼態度呢？」

「唉，小姐，合作，合作，我們需要你的合作。」

「你的所謂合作，警官先生，是想利用我作釣餌，引凶手來找我，是不是？這種合作，不是對你太有利，而對我太不利麼？」

「這個……這個……」那警官被木蘭花責問得十分狼狽，有點難以應對，「可是我們卻派了十二個人來保護你啊。」

「你那十二個人，」木蘭花笑了起來，「不是已發誓說我未曾出去的麼？」

那日本警官無話可說了。

而木蘭花這時，對那日本警官講這些話，她是有目的的。她的目的是：要那警官將他的部下完全撤回去，一個也不留。

當警方人員撤走之後，暗殺組織方面的人，就有可能來找她，那麼她就又可以獲得線索了，如今她需要的是線索，而不是什麼保護！

那警官尷尬地笑了一下，突然道：「我們已可以肯定你絕不是一個尋常的人，小姐，從你來的地方看來，你不會是——」

他講到了這裡，突然壓低了聲音，道：「——你不會是鼎鼎大名的木蘭花小姐吧。」

木蘭花笑了起來，道：「當然不是，我是聯合國的翻譯員，現在是我的假期，我只向你要求一件事，你別再派人來保護我了！」

「可是你的安全——」

「你的部下並不能保證我的安全，而且，離他們一哩，也可以看出他們是警方人員來，你利用我做釣餌的辦法，又怎會成功？」

那日本警官沒有說什麼，站起身來退了出去。

兩分鐘後，木蘭花看到，走廊上，街上，酒店門口，後巷口的警方人員，果然都撤退了。她自己問自己：ＫＩＤ的人會來嗎？

十分鐘之後，又有人敲門了！

門聲一響，木蘭花的精神便為之一振。

「請進來！」木蘭花提高了聲音。

門打開，一個日本男子站在門口，有禮貌地微微地彎著腰，木蘭花一看到了他，幾乎大聲叫了出來，因為那男子就是剛才指揮四個巨無霸進攻她，又將她囚禁了起來的那個！

木蘭花的第一個念頭便是：莫非他已認出了自己的身分？

但木蘭花隨即否定了自己的這一個懷疑。

她睜大眼睛，用南歐口音的英文道：「先生是——」

那男人剛才凶狠殘毒的手段，木蘭花是已經領教過了的。但這時，這傢伙看來卻十分有禮，他先向木蘭花深深地鞠了一躬。然後，他道：「我可以進來麼？」

木蘭花做出了一個不在乎的神情來，道：「當然可以，不知道你有什麼事情——哦，我明白了，你一定是導遊，是不是？」

木蘭花的神情，是十分逼真的，但是看來，那人偽裝的本領也不差，他點著頭，走了進來，道：「小姐，你到日本來，一定一下機就很不愉快了，是不是？」

「是的，在我旁邊的一位先生死了，」木蘭花猶有餘悸地說著，「更可怕的是，警方告訴我，這位先生可能是被謀殺的。」

那人漸漸地向木蘭花走近來。他一面逼近，一面道：「小姐，你真的不知道他是被謀殺的麼？譬如說，你未曾看到任何動靜？」

「沒有啊！」木蘭花睜大了眼睛。

那人已來到木蘭花的近前了，他又看來很有禮貌也似地俯下身來，笑了笑，道：「可是，可惜得很，我們仍然不相信。」

一聽得那人講出這句話來，木蘭花明白了，那是他準備殺人滅口了。在那一剎間，木蘭花的心中，不禁感到無比的憤怒！

她並不是怕自己被害，她是早有準備的，那人想殺她，當真談何容易！但木蘭花感到憤怒的，是那人手段竟然如此之卑鄙！

如果她不是木蘭花，而真的只是坐在管先生鄰座的旅客，那麼，她豈不是要枉送了性命，而實際上她卻是全然無辜的！

木蘭花吸了一口氣道：「我不明白——」

她只講出了四個字，那人的手腕突然一翻，一柄明晃晃的尖刀，已對準了木蘭花的咽喉，疾插了下來！

這時，木蘭花坐在沙發上，那人來到了她的身前，而又俯下身來，等於是將木蘭花控制在沙發上一樣，那一刀插下來，木蘭花可以說是一點躲避的餘地都沒有！

但是木蘭花當然不會給他一刀刺中的！就在他手腕一翻之際，木蘭花已然有了準備，雙足在地上用力一蹬，身子猛地向後一仰，連人帶沙發，一起向後倒了下去！

這一下，是顯然出乎那人的意料之外的！

那一刀刺空，一時之間，還不知道究竟發生了什麼事，握著刀，呆了一呆，但木蘭花的動作何等之快，雙腳早已踢出。

她一連兩腳，右腳踢向那人下頷，左腳踢向那人的手腕，兩腳一起踢中，那人手中的刀，「呼」地一聲，向外直飛了出去。而他的身子，也向後猛地一仰，「砰」地一聲，跌倒在地，這時候，木蘭花早已一躍而起，便踏住了他頸側的大動脈。

木蘭花用力地踏住了那人的頭頸，那人的身子便轉動不靈了，頸側的大動脈是人身的要害之一，木蘭花若是用的力道大了，是可以致那人於死的。

那人顯然也知道這一點，是以他的雙手用力地托住了木蘭花的腳底，想將木蘭花的腳托得抬了起來。木蘭花冷笑道：「你不必太出力了！」

這一句話，木蘭花是用她原來的聲音講的。

而那人也立即在這一句話中聽出，他剛才持刀想要將之刺死的是什麼人了。那是他做夢也想不到的事，他整個人像癱瘓了一樣，除了喘氣之外，什麼也不能做了！

木蘭花冷笑了一聲，道：「想不到吧——」

木蘭花在責問那人「想不到」，可是就在那剎那，她想不到的事情卻也發生了，「砰」地一聲響，房門竟被撞了開來。

木蘭花陡地一呆間，只見兩個人已站在房間中了！

兩個人，一個是那個年輕的警官，另一個則是一個其貌不揚的中年人。然而那中年人的一雙眼睛，卻是深邃而充滿智慧的。

那中年人才一進來，便在那年輕的警官背上，重重地一拍，道：「你看，我常對你說，做我們這一行的，一定要有第一眼便認出一個人真正身分的本領，但是你卻一直沒有理會，你以為這位美麗的小姐，是一個普通人麼？那你錯了！」

那年輕的警官還有點不服，道：「她是誰？」

「木蘭花，鼎鼎大名的木蘭花！」

那中年人一面叫，一面向前走來，伸出手來，道：「蘭花小姐，請允許我自我介紹，我是日本警方人員，山口見一。」

木蘭花陡地一呆，山口見一，那絕不是一個陌生的名字，他是日本最傑出的警務人員，世界各國的警務人員，連續三次得過國際警方每年頒發的特別獎章的，只有山口見一一個人。

木蘭花倒是未曾想到，那樣鼎鼎大名的偵緝人員山口見一，原來是這樣的其貌不揚，但木蘭花卻不能不對他的觀察力表示佩服。

木蘭花在到了東京之後，從來也沒有向任何警方人員表露過她的身分，但這時，山口見一一撞進門來，就知道她是什麼人了！

既然警方人員已然進來，木蘭花自然沒有必要再踏住那人了，她後退了一步，那人連忙跳了起來，看他的樣子，像是想覓地逃走。

但是木蘭花、山口見一和那個年輕的警官，三人卻成鼎足之勢將之包圍，那人四面看了一下，心知是逃不出去的，哼了一聲，頹然而立。

那年輕的警官連忙取出手銬，將他的雙手銬住，帶了出去。

山口滿面笑容，道：「蘭花小姐，你的確是名不虛傳的女俠。」

「哪裡，山口先生，你是怎樣一見我就認出來的？」

「那很容易，我看到你制服了賀原坂，我就想到，只有你才有這樣的能力，而且，我是早已知道你從什麼地方來的了！」山口笑了笑接道：「這不是很容易猜想了麼？」

木蘭花不禁低吁了起來，道：「賀原坂，那人就是日本黑社會中極有地位的頭子賀原坂？我想如果我早知是他，只怕沒有那樣容易取勝了！」

「你太客氣了，我們還懷疑他和一個國際暗殺組織有極密切的關係，但一直捉不到他。」山口道：「現在好了，我們可以慢慢地審問他了。」

木蘭花點頭道：「他的確是和那個暗殺會有關的。」

由於山口見一是一個國際知名的極其優秀的警務人員。木蘭花自然沒有對他隱瞞自己來此目的的必要，她請山口坐下，然後將自己來此的經過，詳細地講了一遍，給山口見一聽。

山口見一一面聽，一面已用無線電通訊儀，發出了好幾道命令。

木蘭花將她的遭遇講完之後，又道：「山口先生，這件事既然由你在主持了，我人生地不熟，自然也沒有必要再留在這裡了。」

山口沉吟了一下道：「如果你肯留下來……」

「不，」木蘭花立時搖頭，「我還是趕回去的好，因為在那邊，是這個暗殺會行動的目標，山口先生，我要求你一件事。」

「你只管說好了，蘭花小姐。」

「如果你這方面有了暗殺會方面，準備採取什麼方法來破壞打撈工作，或是用什麼方法獲得沉在海底的事物的情報，那麼，請你用最快的方式通知我們。」

「好的。」山口一口答應，「我和誰聯絡？」

「你可以和警方的高翔高主任聯絡。」

「我一定答應你！」山口再重複地答應著。

木蘭花一手提起了行李箱，伸手和山口握了一下，便向門口走去。

山口見一送她到了酒店的門口，道：「蘭花小姐，你小心些！」

木蘭花停了一停，山口向前踏出一步，低聲道：「據我們所知，暗殺會派在某地的支部，一定是有兩個的，一個是進行活動，另一個則是監視活動的，已被你破獲的那個，當然是進行活動的，所以你仍然要提防ＫＩＤ的人暗中加害！」

木蘭花深深地吸了一口氣，天氣是如此之明朗，而街道上熙來攘往的人，又是那樣地無憂無慮，木蘭花有時真希望自己是那些普通人中的一個！

如今，她的生活雖然是這樣地多釆多姿，但是這種多采多姿的生活，卻是要花費巨大的代價才能夠換取得到的，她得時時刻刻提防著死神的襲擊，可以說不能有絲毫的鬆懈。普通人無時無刻都能夠享受到的安寧，在她來說，是極度的奢望！

但是，每當木蘭花興起了這樣的念頭之際，她總同時會想到，世上還有那麼多的邪惡，她絕不能袖手旁觀，而要認真對付的！

她向山口揮了揮手，走下了酒店的臺階。守門的小童立時替她召來了一輛街車，木蘭花跨進了車廂，車子直駛向機場。

在車中，木蘭花又將自己來到東京之後的行動，細想了一遍，山口見一的突然出現，是她意料之外的事情，但那卻是對她有利的，因為她可以將事情交給山口，而趕回去和穆秀珍在一起。

她相信山口一定會努力去做的，因為山口已經有了十分好的線索了。

山口的線索是：他已經活捉了暗殺會中的一個人！以山口的才能而言，他一定可以在那人的口中，逼出一些事實來的。木蘭花的心情十分愉快，因為她此行總算有了收穫。

在機場上，木蘭花在等候飛機的時候，她留心著四周圍的人，她肯定沒有被跟蹤，直到上了飛機為止。木蘭花知道，自己可以放心在飛機上休息一下了。

噴氣式飛機將地與地之間的距離縮短，當木蘭花踏上了本市機場，才走出檢查閘口之際，便有一個女職員向她走了過來。

那女職員來到了她的面前，用她護照上假名稱呼著她，道：「有東京來的長途電話，吩咐你，一下飛機就去接聽。」

木蘭花呆了一呆，她立時跟著那女職員向前走去，來到了長途電話通話室，木蘭花才一拿起電話來，只是「喂」了一聲，便聽到了山口見一的聲音，道：「蘭花小姐麼？我已獲得了一項非常重要的口供，可是我無法和高主任取得聯絡。」

「是什麼，請你告訴我。」

「那個潛水專家馮德是假冒的，他和他的助手，全是受了暗殺組織ＫＩＤ收買的人，他們已在參加打撈工作了。」

木蘭花握著電話的手，在微微出著汗。因為這消息實在太重要了！

她匆匆地道了謝，放下電話，便立時向外走去，她走出了幾步，便進了另一個電話亭，她打電話到家中去，穆秀珍不在，沒有人接聽。

木蘭花又打電話給高翔。可是她得到的回答卻是，高主任在兩小時之前離開了，離開之前，曾經交代過，說他是陪潛水專家馮德，到撈沉機的地點去的。兩小時！假冒的專家已經參加打撈工作兩小時了！

木蘭花立時表明自己的身分，請警局的值日警官轉接給方局長，她的第一句話就是：「方局長，我要一架水上飛機。」

方局長回答道：「蘭花，你在哪裡？警方的一架水上飛機，剛給高翔飛走，而且，據控制室的報告，這架水上飛機已失去聯絡了！」

木蘭花吸了一口氣，已經發生了什麼事，她自然無法知道，但是她可以知道，事情是十分之不妙，十分之糟糕了！

她忙又道：「那麼，方局長，你快和軍方聯絡，我要一架有跳傘設備的軍機——我看到有一架小型軍機停在機場，我要立時飛到打撈隊的工作地點去。」

方局長也從木蘭花的聲音之中聽出了事情的嚴重性，他是一個經驗十分老到的警務人員，當然不會在這樣的情形下絮絮不休地去問長問短的，所以他只說了一個字，便道：「好！」

木蘭花並不掛上電話，只是等著。

四分鐘之後，她又聽到了方局長的聲音，道：「蘭花，你是在機場麼？在機場的什麼地方？柏得利中尉將會來接你。」

「我在機場第七號公共電話亭旁！」木蘭花回答，放下電話，推門走了出來。

她剛在門口站了不到兩分鐘，就看到一名年輕軍官，跑步來到她的面前。

那軍官站定，向她朝了一眼道：「小姐——」

木蘭花立即點頭道：「就是我，什麼時候可以起飛？」

「立即可以！」

「那我們快走！」

木蘭花和那個中尉是跑向軍機而去的，自然引得不少人向他們投以好奇的目光，木蘭花行事的原則，本來是絕不引人注目的。但如今在緊急情形之下，自然也顧不了那麼多了。

他們奔到了飛機旁，那是一架十分小的戰鬥機，在駕駛員旁，只能坐一個人，木蘭花先佩好了降落傘，才上了座位。

那中尉駕駛員也已得到了他要飛往的目的地的指令，是以飛機立時起飛，轉眼之間，便已到了海洋的上空，離目的地越來越近了。

五分鐘之後，木蘭花便已看到那兩艘進行打撈工作的船艇，同時，她看到有一艘快艇，在迅速地向大艇接近著，駛向前去。

而且，木蘭花還看到，一架水上飛機正在向南飛去。

軍機很快地就飛到了船艇的上空，而且這時也已經降得很低了，低到不必使用望遠鏡，木蘭花也可以看到，從小艇上向船上爬去的兩個人之中，有一個正是高翔，她還可以看出，高翔的行動十分匆忙。

飛機又向下低降了些，木蘭花道：「我準備跳傘了！」

那中尉向一個紅色的按鈕指了一指，木蘭花陡地按了下去，她的身子，在百分之一秒內向上彈了起來，彈出了機艙。

飛機向前迅速地飛了出去，木蘭花還看到，飛機在飛出之際還雙翼搖擺，向她致意。

木蘭花跌到了離海面約有一百五十呎左右之際，才拉開了降落傘。

當她飄飄蕩蕩地向下落去的時候，她看到船上的人，幾乎每一個都仰起頭來朝著她，而她還未落到海面，便有人駕著小艇迎了上來。

木蘭花降落在離船艇大約有兩百碼之處，小艇在她的身邊兜了一個圈，便向她直駛了過來，由於木蘭花臉上的化裝未除去，是以那個駕艇前來的水手也不知道她是什麼人。

在木蘭花登上了小艇之後，那水手才問道：「小姐，你是──」

「快駛回船上去，工作隊長穆小姐見了我，就知道我是誰了。」木蘭花一面扭著頭髮，讓海水順著頭髮尖滴下來，一面催著。

「穆隊長有麻煩了！」那水手一面駕著艇，說著。

木蘭花並沒有吃驚，她只是苦笑著。一個假冒的潛水專家和秀珍一起工作，那秀珍自然是遭到麻煩了，看來，自己雖然以最快的方法趕來，但還是遲了。

木蘭花直到小艇來到了船旁，她才叫了一聲：「高翔！」

這時，高翔正和雲四風兩人滿頭大汗地在一具金屬箱旁站著，金屬箱的一邊已被拆了下來，裡面滿是電線，他們正在檢查著。

他們兩人是工作得如此聚精會神，以致他們竟沒有聽到木蘭花的叫聲。等到木蘭花再叫了一聲，高翔才抬起頭來。

他帶著疑惑的眼光朝著木蘭花，顯然一時之間，他也未曾認出木蘭花是什麼人來。

木蘭花又道：「高翔，我是蘭花！」

這時，木蘭花已循著繩梯爬了上來。

高翔大喜過望地道：「蘭花，你來了。」

但是，他臉上的笑容在剎那之間便消失了，嘆了一口氣，道：「秀珍和這具控制臺失去了聯絡，她在六百呎的深海之中！」

「六百呎！」木蘭花吃驚道：「深水潛艇到了麼？」

「不是深水潛艇，而是潛水專家帶來的兩具深海潛水銅人，唉，那個潛水專家——」高翔頓了一頓，像是不知該從何說起才好。

的確，事情千頭萬緒，實在不知從何說起才好。

木蘭花卻道：「我知道了，那個馮德是假冒的。」

高翔苦笑著，從口袋中取出一團摺皺的紙來，道：「而且我們已徹底地失敗了，他們已取得了那煉油的新方法，唉，說來——」

木蘭花也知道其間一定有十分曲折的經過，她不是不想聽，但是，她卻不想在這個時候去問而浪費了時間，是以她立時打斷了高翔的話頭，道：「秀珍的情形怎樣了？」

「失去了聯絡。」雲四風回答著，「只是從深度的指示表中，可以知道她是在六百呎左右的深海之中，但是卻無法和她通話。」

木蘭花望著從控制臺中通出去，直通向海中的電線，道：「循著這條電線，不是可以找到她的所在的麼？」

「是的，可是我們無法潛得那麼深。」

「我們根本不必潛得那麼深，我們可以拉這條電線，將她拉回來！」木蘭花大聲地說著。

「為什麼？」

「我也想到過這一點，」雲四風接著說：「可是，這是十分危險的，蘭花小姐！」

「我已經作了初步的檢查，我認為秀珍和控制臺失去了聯絡，是電源被破壞了，現在，秀珍在深海底，被困在銅人之內，難以移動。」

「那麼，她不是——」木蘭花吃驚地問。

木蘭花是絕少用如此吃驚的語氣來問問題的，由此也可知，她真正感到事情的嚴重了。

雲四風抹著額頭上的汗，道：「我聽得馮德——那假冒的匪徒說過，氧氣的儲備可以有四小時。」

「那麼，事情發生多久了？」

「我們無法知道，而如果我們用起重機去拉她的話，由於銅人極其沉重，她必然拖得在海底滑行，這一帶的海底，不但多岩石，而且多珊瑚礁，可能擱住了銅人，而起重機只要一旦電線拉斷，那麼……秀珍便再也上不來了！」雲四風講到這裡，幾乎哭了出來。

「那怎麼辦呢？」

「我正在檢查，我希望可以在一小時之內修好電源，那麼，我們立即可以和秀珍取得聯絡，秀珍也可以上來了。」

「能夠修得好麼？」

木蘭花望著那麼複雜的線路，以及如此眾多的銜接點，問這個問題的時候，不能不表示懷疑，她又道：「不能將電線接在船上的發電機上麼？」

「不能，伏特不同。」雲四風的汗，一滴一滴地落了下來，「相信我，秀珍被困在海底，比我自己被困在海底更難過！」

木蘭花在甲板上來回地走著，連高翔勸她先換衣服，都被她拒絕了，五分鐘之後，她斷然道：「不行，我親自來操縱起重機，將她拖到拖不動的地方為止。」

「不能！」雲四風也斷然反對，「等到她被岩縫或珊瑚礁夾住之際，就算電源接通了之後，她也不能脫離險境了！」

雲四風竟然會以那樣堅決的口吻反對木蘭花的辦法，木蘭花也頗感到意外。

高翔嘆了一口氣，道：「蘭花，我們應該相信四風。」

木蘭花也知道應該相信雲四風的，因為雲四風這時的神情是如此之緊張，他全身所有的精神和力量都放在那副機器之上了。

木蘭花也記得，雲一風曾經說過，雲四風是各種機器方面的天才，那麼，這一次，他是不是能夠修好那控制臺呢？這實在太重要了！

因為，這關係著穆秀珍的生死！

在知道了穆秀珍的氧氣儲備只有四小時之後，時間似乎過得特別快，在踱來踱去之間，已經過去一小時了。

雲四風已將控制臺的所有遮扳拆了開來，但似乎仍然沒有什麼進展，不但雲四風滿頭大汗，連木蘭花和高翔也已滿頭是汗了！

木蘭花深吸了一口氣，她身上的衣服早已被海風吹乾，根本不必換衣服了，她已等了一個多小時，她覺得心急了。

她咳嗽了一聲，道：「雲先生——」

她才叫了一聲，突然聽得「啪」地一聲，爆出了一串火花來，接著，又是「啪啪」幾聲，好幾串火花一起爆了出來。

一直蹲在地上的雲四風，這時突然站了起來，而他的臉色也更深沉了，只見他面上的肌肉在不由自主地簌簌地跳動著。

他按下了一個掣，然後，拿起了一個傳音器，用極其乾澀的聲音叫道：「秀珍，秀珍，你可聽到我的聲音麼？快回答！」

他的話才講完，便聽得穆秀珍的聲音傳了上來，道：「喂，你在搗什麼鬼？為什麼我叫了那麼久，一點回音也沒有？」

一聽到了秀珍的聲音，雲四風整個人突然軟了下來，他「咕咚」一聲跌倒在地，身子不住地發著抖，一句話也說不出來。

他實在是因為過去的近兩小時的時間中，心情太緊張了，而因為要救穆秀珍，是以他一直支撐著，但等到他一知道自己已修好電源之時，他反而軟倒了。

高翔連忙走過去將他扶住。木蘭花則將傳音器自他的手中接了過來，道：「秀珍，你現在可以自由行動了麼？你快上來，你覺得還好麼？你可以行動麼？」

「可以的，我有四小時氧氣的儲備，只不過過了兩小時多，我的人造腮現在已可以活動了，我很快就會到船附近的。」

木蘭花看著控制臺上的深度表，穆秀珍在漸漸地上升，從六百呎到五百呎，四百呎，三百呎，終於到了兩百五十呎。

而起重機的鋼鉤也已被放下海去，穆秀珍的聲音又傳了上來，道：「行了，我已將潛水銅人掛在鉤子上了，開始罷！」

8 物歸原主

起重機開始軋軋地響了起來。

在軋軋聲中，雲四風掙扎著望著海面，不久，一個龐大的潛水銅人已經吊出了水面，到了甲板之上，好幾個人立時上去，將銅蓋打了開來。

穆秀珍自潛水銅人中鑽了出來。

她鑽出來之後第一件事，便是在銅人身外的袋中，將那個皮帶扣子取了出來，然後，她甩了甩頭髮，道：「蘭花姐，我看到飛機了！」

她像是不知道在船上，人家曾為她擔了多大的心一樣。

木蘭花道：「你看到飛機了？那是不可能的，飛機已被炸毀了。」

「是的，我看到了機尾，馮德呢？這傢伙在哪裡？」

高翔苦笑了一下，道：「他是假冒的，他和他的助手已經飛走了，水上飛機還是我供給他的，而且……而且……他還……」

「還什麼？」穆秀珍揚著眉問。

「而且他也已找到了那個金屬筒，帶走了。」

穆秀珍深深地吸了一口氣，怔住了。

甲板上一時靜了下來，沒有人出聲。因為這消息實在太壞了，對他們的打擊實在太沉重了！

在船艙中，木蘭花，高翔，雲四風和穆秀珍四人，圍著一張桌子坐了下來，高翔將那張摺皺了的紙放在桌上，給木蘭花看。

木蘭花苦笑著。信是冒牌馮德留下來的。

在那看來張牙舞爪也似的筆跡中，可以看出那個冒牌馮德在寫這封信時的得意心情，信是這樣的：

東方三俠，你們失敗了，我們已得到了你們想找的東西，然後，搭由你們供給的水上飛機走了，再見——如果我們有機會再見的話。

幾個人的臉色都十分難看，那個國際警方派來的人員已走了，是去部署追緝凶手的工作的。如果他在這裡的話，他的臉色，一樣會如此難看的。

正如那封信上所說，他們失敗了！

而且，木蘭花等人都看到，飛機是向南飛出的，那是太平洋，太平洋上當然有船艇在等著他們，想要追尋他們，那實在是難以想像的事！

穆秀珍一把將那封信搶了過來，三下兩下撕成了粉碎，用力向前拋了出去。

雲四風望著她，想說什麼，但卻終於未曾講出聲來。

穆秀珍的心情比誰都壞，那是任何人都看得出來的。如果雲四風這時開口的話，那是一定會碰釘子的，是以他想了一想，終於未曾出聲。

穆秀珍恨恨地站了起來，走到了艙口。

木蘭花望著她的背影，道：「秀珍，我們受了這些挫折，難道就不再繼續進行打撈工作了麼？秀珍，我們還要打撈飛機殘骸的。」

「那有什麼意義？主要的東西都給人家弄走了，我們還打撈些什麼？」穆秀珍轉過身來，一揚手，將那皮帶扣子拋向桌子上。

當那皮帶扣子「啪」地一聲，落在桌子之際，木蘭花等三個人都不禁一呆，木蘭花道：「這是什麼？秀珍，我講的話你——」

穆秀珍一揮手，道：「我不幹了，這扣子是我在海底撈回來的，上面有字，查一查乘客名單，那是什麼人的東西，除了飛機尾以及一些金屬碎片之外，這大概是比較完整的一件東西了——」她深深地吸了一口氣，走向甲板去。

木蘭花站了起來，看她的臉色，像是想去責備穆秀珍，但是高翔連忙一伸手，拉住了木蘭花，道：「她的情緒很不穩定，由得她去吧。」

木蘭花卻堅決地道：「不行，我們大家都知道她悲痛，但是她遭到了不幸，並不等於有了特權，可以想怎樣便怎樣！」

她講到這裡，大聲叫道：「秀珍！」

穆秀珍在甲板上，老大不願意地答應了一聲。

木蘭花沉聲道：「要擔任打撈工作組組長一職，也是你自己要求的，你既然想為超文做些事情，如何可以半途而廢？」

穆秀珍道：「我想找到那煉製石油的秘方，可是這東西已落入敵人的手中了，我再工作下去，又有什麼意思？不如不幹了。」

木蘭花一字一頓，道：「如果那個放置秘方的金屬管，真已落入敵人的手中，那麼我們積極的想法便是將它奪回來。」

穆秀珍仍然是背對著大家站著，一聲不出。

木蘭花又道：「而且，單憑那一封信，又怎麼可以肯定我們要找的那個金屬筒，真的已落到了敵人的手中？又怎麼知道這不是敵人故意如此說的呢？」

本來，不但是穆秀珍情緒沮喪，連雲四風和高翔兩人也是一點勁也提不起來，可是一聽得木蘭花這樣講法，兩人陡地精神一振。

他們異口同聲道：「是啊，怎知不是他們故意這樣講，為叫我們放棄打撈工作，而讓他們撿一個現成便宜，慢慢尋找呢？」

穆秀珍轉過身來，道：「有這可能麼？」

「有的，我們不妨照常工作。」木蘭花道：「如果那種秘密的煉油方法，真的已到了敵人的手中，我們三人一定可以知道的。」

她講到這裡，才苦笑了一下，道：「所以，如果我們堅持下去，不要灰心的話，我們的失敗可能是暫時的，但如果我們自己灰心了——」

她的話沒有能講完，因為穆秀珍已然叫道：「蘭花姐！我改變主意了。」

「那很好，」木蘭花像是早在意料中，她只是淡然地答應了一下，「那麼，我們的一切工作，仍然照原訂的計劃進行，深水潛艇什麼時候可以運來呢？」

穆秀珍取出了一本記事本，查閱著，道：「後天。」

兩天後，深水潛艇運到了。

駕駛著這種特殊設計的深水潛艇，他們可以毫無困難地潛到那個海溝的最深部分，每次在一千二百呎的深海，作業四小時。

經過四天的努力，他們不但鉤起了那飛機的尾部，而且還撿起了大大小小的金屬碎片兩百多片，那全是機身的殘骸。

可以肯定，爆炸是極其猛烈的，而在爆炸一發生的時候，便產生了一股強烈的氣浪，令得飛機突然地向下，沉落海中。

專家研究的結論是，機尾就是在那時候斷裂下來的。而找到的金屬碎片，經過專家逐片逐片的研究，也證明全是機尾部分的。

那也就是說，整個飛機，除了因震動而斷落的機尾部分之外，其餘的部分，連同它的一百多名乘客，全都被猛烈的爆炸，變得無可尋找了！

當然，在他們的預料之中，是應該有一個金屬圓管是完整的，那金屬圓管因為是特種金屬鑄成的，是以絕不應被炸毀，但是他們卻沒有找到那金屬管。

那金屬管是應該在海溝中的，因為所有的碎片都被暗流帶到那個海溝中了。可是，他們卻找不到它，那說明了什麼呢？

那說明，這份絕對秘密的確是在木蘭花趕回來的那天，被假冒的馮德在海底找到，並帶走了。

到了第七天，那是打撈工作報告擬寫完成的那天。

木蘭花、穆秀珍和高翔三人參加了冗長的會議，由穆秀珍在會上發出了那報告，回到家中之後大約一小時左右，他們接到了某國代表的電話，那位代表的聲音，聽來極其沮喪。

電話是打給穆秀珍的，那位代表先嘆了一口氣：「穆小姐，我代表我們的國家，對你在十分哀痛的情緒之中仍然能夠堅持工作這一點，表示謝意。我們的國家，本來可以因為有了完整的新煉油方法，再迅速地致富的，但如今，卻便宜我們的敵國了。」

穆秀珍有點不明白地道：「你是什麼意思？」

「最近收到的電訊是，我們的敵對國家已經發佈了興建大規模煉油廠的計劃，並由世界各國財團進行投資！」

那代表又嘆了一聲：「我們失敗了。」

穆秀珍的心頭極其沉痛，道：「是的，我們失敗了！」

高翔和木蘭花兩人也都不得不承認他們是失敗了。他們默然對坐著，好一會，穆秀珍才拿起電話來，想了一想，又放了下來。

「你想打電話給誰？」木蘭花問。

「雲四風。」穆秀珍回答：「當那假冒的馮德要和我一起潛水時，他曾經竭力阻止，而我卻將他罵走了。如果我有聽他的話，唉！那就好了。」

「秀珍，」高翔立即道：「這幾句話，你應該當著雲四風的面說，而不應該對我們說的，你可知道雲四風的心被你傷害得有多深？」

穆秀珍默然不語，好半晌，才道：「那不是我的過錯。」

木蘭花道：「好了，這一切全都過去了，任何後悔，全是無補於事的。我們該想一個新的計劃，首先，我們要忘記以往的一切！」

她在講那幾句話的時候，是直視著穆秀珍的。

她的意思當然是要穆秀珍忘記悲痛，重新振作起來。

穆秀珍低著頭，好一會，才長嘆了一聲，道：「我倒想保留一點小小的紀念品。」

「是什麼？可是飛機的碎片麼？」高翔問。

「不是，是這個皮帶扣子。」穆秀珍將那皮帶扣子從衣袋中取了出來。

這皮帶扣子，他們不是第一次看到了，當穆秀珍第一次取出來的時候，便曾提議去查對一下旅客的名單，以便將這扣子歸還給遇難者的遺屬。但是，接下來的幾天之中，他們實在太忙了，將這個無足輕重的皮帶扣子忘記了，直到這時，穆秀珍才又將之取了出來。

這時，在事情幾乎失敗已成定局之際，看到了那皮帶扣子，木蘭花和高翔兩人，心中都是一動，他們幾乎是同時伸出手來，去取那皮帶扣子。

但高翔看到了木蘭花也伸出手去，就縮回了手來，而木蘭花取到了那扣子之後，將它放在咖啡檯上，用心地注視著。

那扣子上鑲著「ＩＴＢ」三個英文字母，每一個字母之後還都有一個圓點，表示那是一個字的縮寫。

高翔立即說道：「這個扣子是屬於一個中國人的。」

木蘭花點頭道：「屬於中國人的可能性較大，因為中國人的姓名，大多數都是由三個字組成的，但是外國人也不是沒有。」

高翔又道：「這三個字母，最後的一個是『Ｂ』字，如果他是中國人，他可能姓柏，姓白，姓貝，姓皮，飛機乘客名單中有沒有這個人，那應該是很容易尋找的。」

高翔一面說，一面已打電話給調查委員會，請他們派人送一份乘客名單來。木蘭花沒有阻止高翔打電話，但是她卻也沒有發表什麼意見。

從她那樣用心地注視著那個皮帶扣子這一點看來，她的心中，顯然有另一個想法，而這個想法，又可能是十分不成熟的。

過了好一會，才聽得她緩緩地道：「你們可還記得，剛才在會議上，好幾國的專家，都一致認為爆炸的威力是極其強烈的，在爆炸前的一剎那間，產生高溫，足可以將一切燒化，這便是為什麼飛機中的一切，全部無從尋找的原因。」

穆秀珍轉過頭去，沒有出聲。

她當然無法對這件事表示意見，因為她的未婚夫也是在爆炸的高溫之中，被燒得什麼也不剩的，她一想到，心中就感到一陣難以形容的刺痛。

高翔吸了一口氣，道：「是的。」

「那麼，這金扣子能夠完整地保留下來，你們不覺得很特殊麼？」木蘭花又將那扣子拿了起來，在手中輕輕地把玩著。

「這可能是意外，在任何情形下，都會有意外的。」

木蘭花不再出聲，她背向後靠去，閉上了眼睛，看來她像是在休息。

這幾天來，他們實在是太疲乏了。本來，她們是絕不怕工作過度的，但這次的情形卻不同，因為他們還要在心理上負擔失敗的痛苦，所以格外容易使人沮喪和提不起精神來。

高翔望著木蘭花，他自然無法知道木蘭花在想些什麼。

過了足足十分鐘，門鈴響了，穆秀珍向花園走去開門，高翔向外面一望，道：

「是調查委員會的人送乘客名單來了。」

木蘭花仍閉著眼，但是她卻道：「如果我的料想不錯，在名單中，將不會有貝先生，白先生，柏先生，或是皮先生。」

高翔呆了一呆，不知道木蘭花這樣講是什麼意思。

而這時，穆秀珍也已走了回來，將一個文件夾放在咖啡檯上，一聲不響地坐了下來。高翔打開了文件夾，將乘客名單仔細地看了一遍。

一百多名乘客之中，沒有一個名字，是可以縮寫為「I・T・B」的。高翔還怕自己看漏了，又仔細地看了一遍。

然後，他才闔上了文件夾，道：「你猜想的是什麼，蘭花？在乘客的名單上，的確如你所料，是沒有這樣的一個人。」

這時，連穆秀珍也瞪大了眼睛。

木蘭花坐直了身子，道：「我想到的事情有兩點，第一，飛機上什麼東西都損壞了，能單獨保存了這個皮帶扣子，這就使人疑惑。」

高翔道：「這……可能是意外？」

「有可能是意外，但也有可能不是，這個皮帶扣子，根本上是特種金屬所鑄成的。」木蘭花揚了揚眉，道：「你們不覺得它特別沉重麼？」

「可是，」高翔和穆秀珍兩人都大惑不解。「可是某國的代表，卻已說得明明白白，那秘密文件是放在一個金屬筒之中的。」

木蘭花使勁地搖了搖頭，這是她要將腦中混亂的思想拋開時的一個習慣動作，然後她道：「我如今還不能肯定這扣子是不是和石油煉製新法有關，但我卻可以肯定，這扣子一定和另一椿——分秘密的事情有關，而且，扣子中一定有著高度的秘密。」

高翔和穆秀珍兩人又要開口，但木蘭花一揚手，不讓他們講話。

而她自己則繼續道：「而且，我還可以知道，攜這皮帶扣子的人，他是意料到自己隨時隨地有生命危險的。但他又知道，不論他遭到了什麼的危險，就算他死了，那皮帶扣子一定可以保存下來的，所以他才在扣子上，刻了『I・T・B』這三個字母。」

「這三個字母是什麼意思？」高翔和秀珍齊聲問著。

木蘭花卻仍然不直接回答，但是她卻好像因為兩人的一問，而心中突然一亮，又想起了什麼的發現一樣，興奮地站了起來。

她站了起來之後，來回踱幾步，道：「我又有新發現了，這個人自知生命危險，自知他的生命是受到『KID』暗殺會的威脅，『KID』這個名稱引起了他的靈感，所以他才會在扣子上刻下了『I・T・B』三個字母來提醒人的。」

高翔和穆秀珍兩人都感到莫名其妙。他們正待再向木蘭花詢問的時候，門鈴卻又響了起來。他們一起轉頭望去，可以看到，站在鐵門外的正是雲四風，雲四風的手中，還捧著一束黃色的鬱金香。

穆秀珍嘆了一口氣，高翔奔了出去，又迅速地和雲四風一起走了進來。雲四風默默無言，將那束花遞給了穆秀珍。

穆秀珍也默默無言地接過了花。

木蘭花則將那個扣子交到了雲四風的手中，道：「我們正在研究這扣子，你看，這是我們找到的唯一的東西，它值得研究麼？」

雲四風也不是第一次看到這個皮帶扣子，但卻是第一次對它加以注意，他看了一會，從袋中取出了一柄附有多種用途的小刀來，拉出了其中一柄鑲有鑽石頭的小刻刀，在扣子上用力劃著，同時，注視著刀身上一個正在移動的指針。

然後，他抬起頭來，道：「這金屬的硬度是十一，比不銹鋼更硬，這是一種特殊合成的金屬，蘭花小姐，你說這扣子和我們要找的東西有關？」

「可能。」木蘭花回答著。

「蘭花，你說，這『I・T・B』三個字母，究竟是什麼意思，刻上這三個字母的人，和KID又有什麼關係？」高翔一連串地問。

木蘭花沉緩地道：「我們都知道，ＫＩＤ，就是Kill in dark，是在黑暗中進行殺害的意思。一個人，在他的生命受到ＫＩＤ的威脅之際，他自然也會想到用相同的辦法，來表示他要提醒人家的語句的，所以我看——」

她講到這裡，頓了一頓，才又道：「我想，這Ｉ•Ｔ•Ｂ三個字，也是三個字的第一個字母，那應該是：In this Buckle三個字。」

高翔將這三個英文字唸了一遍，失聲道：「在這扣子之中！」

「是的，」木蘭花立即接了上去，「這不是一個人的名字，而是告訴人，有什麼重要的東西，是在這個皮帶扣子中的！」

高翔，穆秀珍和雲四風三人全不出聲。

因為這事情來得太突然了！

這隻皮帶扣子，他們都見過，也以為那只不過是一件普通的日用品，根本未曾加以注意，但如今，仔細地研究下來，竟有了這樣驚人的發現！

木蘭花吸了一口氣，又道：「這個人自己知道生命十分危險，但是他卻料想不到他會死得這樣……徹底。他或者以為自己會被槍殺，而人家殺他的目的，是要搶奪他所帶的某種東西，但是事實上，他卻將他帶的東西，放入了皮帶扣子之中，而在扣子刻上了那樣的三個字母。我們不妨想想，他的屍體如果到了他自己人的手中，那麼，他們自己人自然可以知道那三個字是什麼意思的。也就是說，他人雖死了，但是任務卻完成了！」

木蘭花一口氣講到這裡，才停了一停。

雲四風吃驚地道：「你，你是說，那煉製石油的新方法，就在這個扣子之中?!」

木蘭花點頭道：「我的確是這個意思。」

高翔叫道：「蘭花！你明知那是不可能的，那個國家的敵對方已獲得了新煉法，並且已在公開地邀請財團投資了！」

木蘭花攤了攤手，道：「看來的確是不可能的，但是分析下來，卻又的確是那樣，高翔，你試試攻擊我分析的論點看。」

高翔呆了一呆，要攻擊木蘭花的論點是很困難的。

因為木蘭花的分析，是那樣地有條理，那樣地具有說服力，高翔搖了搖頭，道：「那我們就設法在這扣子中找尋一下好了。」

事實上，不必高翔說，雲四風便已經用他隨身攜帶的精密工具在檢查那扣子了，他用一根極細的金屬絲，在扣子上慢慢地移動著。

三分鐘之後，他歡呼道：「有隙縫！」

他改用一柄極薄的小刀，慢慢地插進了隙縫之中。

又過了三分鐘，隨著他的另一下歡呼聲，每一個人都聽到了輕微的「啪」地一聲，皮帶扣子上一個小小的蓋子被打了開來。

在那蓋子被打了開來之後，裡面是一個十分小的凹槽，在那小小的凹槽之中，放著一卷小得幾乎不能用手指拿起來的軟片！

「微縮底片！」他們一起叫了起來。

雲四風小心地將扣子放在桌上，然後用兩柄小鉗子，將那卷軟片鉗了出來，並將之展開，高翔已拉過了桌燈，用放大鏡對準了它。

他們都可以看到，那軟片上全是複雜的公式，連雲四風看了也莫名其妙，但是在軟片上，卻也有一行文字，那是：「壓縮煉製法」五個字。

一看到了這「壓縮煉製法」五個字，他們四人全都呆住了，他們在那一剎間，心中的驚喜實在是太難以形容了！

他們四人的心中，根據眼前的事實，和木蘭花的分析，他們對於整個事件也已有了一個輪廓。某國的代表曾說過，攜帶那秘密文件的人，是將文件放在一個特製的金屬筒之中。一定是這個人想到他的生命隨時有危險，而這份文件，又對他的國家有著重要的意義，是以他將文件的真正縮影，藏入了金扣子之中。

當然，那金屬筒中，也不是空無一物的，在那金屬筒中，可能也有一份文件。但是，在金屬筒中的文件，必然是不完全的，絕不能根據它而煉製出石油來，而得到了金屬筒的人，顯然還未曾知道這一點。

這就是為什麼某方的敵對國家，正與高采烈，大張旗鼓地要國際財團投資，要開設大規模的煉油廠，要公開發佈新聞了。

雲四風放開了鉗子，又將那一小卷軟片放進了凹槽中，按上了蓋子，將皮帶扣子放到穆秀珍的手上，道：「秀珍，這是你找到的。」

高翔忙道：「我們快和那代表聯絡。」

穆秀珍接著那扣子慢慢地站了起來，走到了窗口，望著窗外，雲四風道：「秀珍，你可以向這個國家，要求最榮譽的勛章！」

穆秀珍搖頭：「我不要勛章，我只想他們將這個新煉製石油的方法，定名為『超文煉製法』，來紀念馬超文的罹難。」

雲四風道：「我想他們一定肯的。」

高翔已接通了電話，那位代表已準備飛回本國去了，高翔並沒有在電話中說明什麼，只是吩咐他快到木蘭花的家中來。

那位代表在遲疑了一下之後，便答應了下來。

半小時之後，那位代表到了，他臉上那種沮喪的神情，和別人臉上興奮的神色，顯得很不相配，可是等到木蘭花將自己的發現講給他聽，雲四風將那卷軟片又展開在他面前的時候，那位至少在五十開外已然半禿的代表，卻像是十五歲的孩子一樣地跳了起來！

他不斷地跳著叫著。然後，他深深地向四人每人鞠了一躬，道：「四位，我代表我們的國家，請你們四位去遊歷，去接受我們國家的感激。」

木蘭花淡然笑道：「我們不去了，但是我想，這扣子應該有人護送前去，而且，秀珍也有一個小小的要求，讓她一個人去吧。」

雲四風聽得木蘭花這樣講法，連忙忸怩地道：「秀珍一個人去……不太好吧，我反正是可以放下工作的，秀珍，我陪你去可好？」

穆秀珍還未曾出聲，那位代表已大聲叫了起來道：「好好！好！太好了，你們兩位前去，那太好了，實在是太好了！」

穆秀珍仍然沒有說什麼，她抬起頭，向雲四風望了一眼，然後，長長嘆了一口氣。

她沒有拒絕，雲四風也高興得大叫了起來！

石油煉製新法已然物歸原主，這件事，知道的人只有木蘭花等四人，那位代表，以及那個國家的一個秘密工作委員會。

這件事保密工作做得十分好，那個國家的敵對方一直不知道，還在興高采烈地進行建廠工作，由於國際上大財團的支持，半年工夫就建成了。

但是等到廠已建成之後，他們才發覺自己出了重價，要「ＫＩＤ」暗殺會殺了人，又派人假冒了馮德取到手的文件，是完全沒有用的。

在那個敵對國家中，這件事引起了一場政治大風暴，使得那個國家的內閣引咎總辭，成為國際的一件大笑話，損失極巨！

而穆秀珍和雲四風兩人，早已帶了真正的文件到達了目的地，建廠工作在秘密情形下進行。

正當那個敵對國家因為政治、經濟上的雙重損失而弄得焦頭爛額之際，那國家突然向世界宣布：「超文煉製法」已投入生產，每日可以產出大量高級汽油，供應全世界。

在規模龐大的開幕典禮上，世界各國的記者雲集，記者們都看到，那個國家元首，總理，都將一雙年輕的中國男女當作上賓。

而且，也人人都問及為什麼這種新的煉製法，要稱為「超文煉製法」，但是每一個問及這個問題的人，都得不到回答。

穆秀珍在那時候，心情是十分複雜的，她看到全自動化操縱的機器，在她按下了一個鈕掣之後，便開始操作時，她的眼中不禁落下了兩滴淚來。而在她身旁的雲四風，立即用手帕替她擦去了眼淚。

從他們找到那份藏在扣子中的文件，到這種新法投入生產，前後是七個月。這七個月，他們當然不是風平浪靜地過去的，在這七個月中，雲四風和穆秀珍兩人，也不是一直住在那個國家之中的。

他們在這七個月中，致力於和「ＫＩＤ」暗殺會中的人周旋，因為穆秀珍知道，殺死全機一百餘名乘客的，正是這個暗殺組織。

但這已是另外一個故事了。

請續看《木蘭花傳奇》12 死城

倪匡奇情作品集

木蘭花傳奇 11 天外恩仇（含：金錢咒、牧羊人口訣）

作　者：倪匡
發行人：陳曉林
出版所：風雲時代出版股份有限公司
地址：10576台北市民生東路五段178號7樓之3
電話：(02) 2756-0949
傳真：(02) 2765-3799
執行主編：朱墨菲
美術設計：許惠芳
業務總監：張瑋鳳
出版日期：2023年11月
版權授權：倪匡
ISBN ：978-626-7303-71-9
風雲書網：http://www.eastbooks.com.tw
官方部落格：http://eastbooks.pixnet.net/blog
Facebook：http://www.facebook.com/h7560949
E-mail：h7560949@ms15.hinet.net
劃撥帳號：12043291
戶名：風雲時代出版股份有限公司

風雲發行所：33373桃園市龜山區公西村2鄰復興街304巷96號
電話：(03) 318-1378　　傳真：(03) 318-1378
法律顧問：永然法律事務所 李永然律師
　　　　　北辰著作權事務所 蕭雄淋律師

行政院新聞局局版台業字第3595號 營利事業統一編號22759935

定價：299元　　**版權所有　翻印必究**

國家圖書館出版品預行編目資料

天外恩仇／倪匡 著. -- 臺北市：風雲時代出版股份有限公司, 2023.05, 面； 公分.（木蘭花傳奇；11）

ISBN : 978-626-7303-71-9（平裝）

857.7　　112003897